ポイ捨てされた異世界人のゆるり辺境ぐらし

【成長促進】が万能だったので、追放先でも快適です

夢・風魔 Illustration 桶乃かもく

CHARACTERS
トミー
砂漠に住む亜人種・
ドリュー族の男の子。
ユタカのことを
「命の恩人」と
慕っている。
アス
アースドラゴンの
男の子。母ドラゴンと
はぐれている
ところをユタカが
保護した。
ユタカ
クラスメイトと異世界
転移し、スキル【成長促進】を
授かるも「農業チートは
いらない」と砂漠に追放
されてしまい…。
園芸部

シェリル
砂漠で出会った
双子の妹。
ルーシェとは性格も
体型も正反対で、
弓を使いこなす。
アリアンヌ
帝国の王女。
ユタカを砂漠に
追放した張本人で、
かなりワガママな
性格。
ルーシェ
砂漠で出会った
双子の姉で、
おっとりとした性格の
大剣使い。小柄な
体型を気に
している。

せ、〈成長促進〉…！
成長させた調味料の木は、
野菜の木同様に何かが数種類実った。
あっちの実はなんだろう？　収穫してみると、
中身は粉末…コンソメ!?
コンソメスープ作れるじゃん！

ポイ捨てされた異世界人のゆるり辺境ぐらし

【成長促進】が万能だったので、追放先でも快適です

夢・風魔

Illustration
桶乃かもく

目次

第一章　砂漠にぽい捨てされました。

二学期最後のクラブ活動を終え、普段より早く教室に戻ってきた——はずなのに、何故ここは洞窟なんだ？

足元が石畳ってことは、人工的な洞窟か。

俺以外にも同じ二年一組のクラスの奴がいるな。一、二、三……全部で十三人か。

「おい大地。君もこっちでスキル鑑定してもらいなよ」

「スキル次第では俺たちのグループに入れてやってもいいぜ」

荒木と伊勢崎がそう言って手招きをする。

いや待て。

あいつら今、スキル鑑定って言った？

スキルって、ゲーム的なアレ？

「驚かせてしまい、申し訳ございません。私、ゲルドシュタル王国の王女、アリアンヌと申します。どうぞ、こちらへ。怯えなくても大丈夫ですわ」

お、王女？

えっと、そういうプレイなのか？

荒木たちの隣には、時代錯誤なドレスを着た金髪の女性がいる。

年齢は俺たちとそう変わらなそうに見える。ちょっときつめな印象だが、美人だ。

他にもローブを着た連中がいるが、フードで顔は見えない。

怪しさ満点だな。

「おい大地。王女様のご指名だ。さっさとしたまえ」

「……わかったよ。で、何をしろって？」

「これに触りたまえ。それだけでいい」

荒木はそう言って、隣の台座に置かれた珠を指さした。

怪し過ぎるだろ、これ。

だけど逆らえばこの二人に何をされるかわかったもんじゃない。

教師の前じゃ善良な生徒のフリをしているけれど、実際は真逆な奴らだからな。

はぁっとため息を吐いて珠に触れる。

すると珠が光り、そこに文字が浮かんだ。

見慣れない文字。なのに何故か読める。

「成長……促進？」

「なになに？　全ての生命のあらゆる成長を操ることができる。例えば野菜を一瞬にして成長させ、収穫が……でき……ぷはっ」

「大地ぃ～、さすが園芸クラブだなぁ」

「大地豊（ゆたか）の名に相応（ふさわ）しいじゃないか。いや、いいスキルだよ。農業系チートスキルだろ」

「農業チート！　おい皇帝（シーザー）、上手いこと言うなって」

農業系……チート……。

大地豊。

別にうちは農家でもないし、両親の実家がそうというわけでもない。

ただこの名前のせいで、無理やりあいつらから園芸クラブに入れられた。

まぁ野菜や果物を貰（もら）えるから、悪いことばかりじゃないけど。

「ちっ最悪だわ」

令嬢コスプレをしている女子の態度が一変した。

蔑（さげす）むような視線を向け、明らかに不機嫌そうな表情になる。

「十三人も召喚したというのに、まともな戦闘系スキルを持っていたのはたったの七人。それでも残り五人は補助系スキルだったからよかったものを……この男は使えないわ」

つ、使えない？

「我が国の農業生産量は多く、農業チートなんて必要ないのよ！　お前たち、この男を捨ててちょうだいっ」

「え、捨てる？　ちょっと待ってくれ。何がどうなっているのかもわからないんだぞ。まず状況説明を」

「大地、君はいらないってことだ。それだけわかっていればいいんじゃないかなぁ？」

「お前は必要ない。それだけさ。あぁ、お前の荷物、これも持っていけよ。少しは何かの足しになるだろう？」

伊勢崎から鞄（かばん）を押し付けられ、同時に蹴り飛ばされる。

床には魔法陣が描かれていた。

「ま、待ってくれっ。捨てるぐらいなら、学校に帰してくれよっ」

「無理ですわ。だって送り返す魔法はないのだもの。あ、そうね。どうせなら砂漠に捨ててちょうだい。せっかくですもの、もしかするとスキルが役立つかもしれないでしょう？　ま、生きていればの話ですけど。おーっほっほっほっほっほ」

さ、砂漠って――

「ふざけるな！」

叫んだ時には、既にそこは砂漠だった。

夢でも見ているのだろうか。

いや、そうであってほしい。

学校――どっかの洞窟――そして砂漠。

どうしてこんなことに……。

召喚とか言ってたな。

まさか異世界人が魔法で俺を——俺たちを自分の世界に召喚したっていうのか。

とにかく今は町を探そう。

いつまでも砂漠になんていたら、本気で死ぬかもしれない。

なのに……ぜんっぜん……。

「町はおろか、人影もない、じゃ、ない、か……はぁ、はぁ」

まずい。もう何時間彷徨(さまよ)ってるんだ？

鞄の中に入っていたペットボトルのジュースは飲み切った。

あれがなかったらとっくに脱水症状でぶっ倒れていただろうな。

けど……それももう……関係ない。

今、ここで、倒れるん、だから……。

意識が沈む中、頭の中で妙な声が聞こえた。

『スキルの使用方法をお伝えします』

あ、はい。

『成長させたい対象に触れ、「成長促進」と唱えます。それだけです。その際、どのくらい成長させたいのか指定してください』

あ、はい。

『植物の場合は一度芽吹かせてから、土に植えて再び成長させるとよいでしょう』

はい。

『あなたのスキルに役立つ物をインベントリに入れておりますのでご活用ください。インベントリは「インベントリ・オープン」と唱えることで開きます。それではどうぞ、異世界ライフをご満喫ください』

あ、どうも。

「って……な、に。ゆ、め？」

あ、あれ？　もしかして気を失っていたのか？

「イ、イン、ベントリ、オープ、ン」

夢だったら何も起きないはずだが、起きた。

霞（かす）む目に映ったのは、ゲームのインベントリ画面そのもの。

横五マス、縦は十マス。合計五十だ。

役立つ物を入れてるって言ってたけど、これは……種？

野菜の木……調味料の木……ツリーハウス？　なんだ、この種は。

そ、それに。

「み、水、の木……」

思わず伸ばした手はインベントリ画面に触れ、そして吸い込まれるように入った。

掴んだ物を取り出してみると、アイコンとして表示されている物とそっくりな種。

成長——確か……。

「〈成長……促進〉」

途端、種が……芽吹いた!?

すかさず砂に植え、もう一度スキルを発動。水が出るようになるまで……祈るようにそう指定しながらスキルを使用。

木というよりは太い蔓が数本、縄のように巻き付いたような植物だ。

だけど実は付いていない。幹を切ったら水が出るだろうか。

切る——道具がない！

詰んだ。俺の異世界ライフ、詰んだ。

いや、まだだ！　そうだよ、何も水そのものじゃなくてもいいじゃないか。

そうだよ。野菜だ、野菜。水分の多い野菜があれば、それで喉を潤せる。

「野菜の、木……これだ。〈成長、そく、しん〉」

今度は普通の木みたい……いや、普通じゃない！

「なん、だこれ。一本の木に、複数の野菜が実ってるじゃないか」

太い枝一本に一種類の野菜が数個、実っていた。

ないか？　水分の多い野菜……ニンジン、ジャガイモ……あった！

最後の力を振り絞って手を伸ばす。

掴んだのは、真っ赤に熟れた――トマト‼

「ごくっ。いただきますっ。ん、んぐ、もぐ。っぷはぁ。うんめぇ」

くぅー、生き返る。もう一個。お、キュウリもあるじゃん。

二個目のトマトを完食すると、木に登ってキュウリに手を伸ばした。

トゲトゲが痛い。軽く幹に擦りつけてトゲを取る。

「あぁ、うめぇ。今日ほどキュウリを美味いと思ったことはないね」

木に寄りかかってひと息つく。

野菜の葉が垂れ下がっている程度だから、太陽が真上に来ると日陰もなくなるな。

いくら水分があってもこの気温だ。いつ倒れるかわかったもんじゃない。

「ツリーハウスの種……ハウスってことは家、だよな？」

インベントリ内の種は、全て十粒ずつある。一つぐらい試してもいいよな。

「〈成長促進〉――で、植えて、もう一度〈成長促進〉」

お、おおぉ。今度こそ見た目は普通の木のようだ。どんどん幹が太くなっていって……訂正。

やっぱり普通じゃない。

太い幹には扉ができ上がった。

「まさか木そのものがハウスなのか？」

そぉっと扉を開いてみる。

へぇ、中は空洞なのか。床は年輪がくっきり浮かび上がった板材だ。

「なんか涼しい。しばらくここで休もう」

その前にさっきの野菜、暑さでしおれる前に収穫しておくか。

野菜の木に実っていたのは、ニンジン、ジャガイモ、カブ、トマトにキュウリだ。

ニンジンとカブは逆さ吊りに実っていて、ちょっと笑える。

収穫した野菜をツリーハウスの中に運び入れたら、床に寝転んでトマトを食べた。

「あぁ、涼しい。床気持ちいぃ」

ほんのり冷たい床は実に気持ちがいい。

「インベントリ・オープン」

改めて見ると、いろんな種が入っているなぁ。まぁ逆に言うと、種しか入ってない。

農業チートスキルだし、そんなもんだよな。

「はぁ、これからどうするか」

キュウリに手を伸ばし、齧り(かじ)ながら呆然(ぼうぜん)と天井を見た。

なんか天井が波打って見える。……いや違う。

俺の目が回っているんだ⁉

うぁ……眠気……半端、な……。

「んぁ。夢、か？」

クラブを終えて教室に戻ったら洞窟で、スキル鑑定とかぽい捨てされて砂漠に飛ばされたとか、そんなバカなことが――。

「あった……」

見慣れない天井。何もない部屋。

扉を開ければそこは、砂漠。

「夢じゃない」

膝から崩れ落ちる。

白み始めた空……ずいぶんと長いこと眠ってたようだな。

「スキルを使うと、MP（マジックポイント）的なものが減るのか？」

回数なのか、それとも成長させた時間なのか。

野菜は数カ月単位だろうけど、ツリーハウスは年単位だろうしなぁ。

いやそれ以前に、熱中症になりかけていたのかも。気を失った原因はそっちにもありそうだ。

起き上がると、とりあえず腰が痛い。床に直接寝てたしな。

ただ眩暈（めまい）はしないようだ。

野菜の木……まだ実るかな？　葉っぱは早くも黄色く変色し始めている。

成長促進を使ってみたが、野菜は実らない。

まさか一度きり⁉

ならこっちはどうだ。

収穫しておいたニンジンに、成長促進をかけてみる。種ができるまで、と指定して。

すると茎が伸び、白い花を咲かせ、種を付けた！

「なるほど。木自体の種はないが、実った野菜から採取しろってことだな」

ジャガイモはそのまま種芋になるからいいとして、カブは成長させて種を採取。

トマトとキュウリの種は、どうやって採取するんだっけ。確かクラブで使ってた園芸ノートに書いた記憶があるんだけどな。

ツリーハウスの中に置いてある鞄からノートを取り出し、該当ページを探す。

あったあった。キュウリは収穫しないで熟成させてから、種の周りごと掻き出して洗い出すのか。トマトも取り出し方は似たようなものだな。

外に置いとけば、気温が上がってくれればすぐに追熟するだろう。

「うぅ、寒っ。中でトマトでも食おう」

砂漠は昼は暑く、夜は寒い。知識として知ってはいても、実際マジで寒いな。

冬服でよかった。

これ夏服だったら耐えられなかっただろ……ん？

向こうの植物——水の木に実が生ってる!?

「あれって瓢箪かっ」

砂を蹴って駆ける。

やっぱり瓢箪だ。三十センチほどの瓢箪が一つ。それより小さいのが二つ実っている。

水の木……この実の中にまさか？

揺らしてみると、ちゃぷんと音がした。

「入ってる！」

回転させるように瓢箪を捻ると、ぷつんとヘタの上から綺麗に取れた。

「へぇ、ヘタが蓋のようになっているんだな」

コルクの栓みたいだ。

ぽんっと抜いて、中身を少し出してみる。

水だ。どこからどう見ても水だ。

水……水……。

「み、水うぅぅーっ！」

ぐびぐびと喉を鳴らせ、瓢箪の中身を飲んだ。

あ、思わず飲んでしまったけど、大丈夫だろうか……。

無味無臭。瓢箪から出した時も、完全な透明だった。

うん、大丈夫。自分を信じろ。

「つぷはぁー、生き返るぅ」

野菜の水分もいいけど、やっぱり水で渇きを潤す方がいい。

「よし。これも収穫してっと」

瓢箪を一つ収穫して、インベントリに入れてみる。

お、水の入った瓢箪（小）って表示された。

飲みかけのヤツは（中）と出る。こっちの方が少し大きいから、サイズで大中小か。

野菜の木は、成長促進のスキルだけで収穫まですぐだったのに、水の木は半日ぐらいかかったのは何故だろう。

水は成長させることができないからか？

じゃあ、瓢箪の中の水はどこから？

まぁ考えられるのは、根から吸い上げた地中の水分だろうな。水が溜まるのに合わせて、瓢箪もデカく成長しているのかもしれない。

瓢箪とトマト、キュウリもインベントリに入れてっと。

「ここを拠点にして、周辺の探索をするか」

準備ができたら出発する。

明るくなり始めている方角が東っと。ならそっちを背にして進むか。

途中で目印用に杉の種を成長させた。成長させる樹齢で消費ＭＰが決まっているのなら、また昨日みたいに眩暈を起こさないよう加減しないとな。

確か杉って樹齢十年で五、六メートルぐらいだっけ？　ならそのサイズまで成長させよう。

「そういえばスマホ……あった」

鞄の中からスマホを見つけ出し、電源を入れてみた。

さすがに圏外マークが出ているが、時計機能は生きてる。

電気代の節約用にって、ソーラー式のモバイルバッテリーを持っててよかった。

よし。とりあえず十分歩いたら目印の木を成長させるか。

水はある。耐えれない暑さになったら引き返そう。

そう思っていたのに……。

「こんなことなら、もっと早く引き返しておけばよかったたぁぁ」

『グオオォォォォォォッ』

そうだ。ここは異世界なんだ。俺の知っている砂漠とは違う。

何が違うってそりゃあ、モンスターがいることだろ！

追いかけてくるのは、まるで恐竜のようにデカいモンスターだ。七、八メートルはありそう。

ティラノサウルスよりは、スピノサウルスに似て……って、呑気に観察している場合か！

とにかく走れっ。ツリーハウスに逃げ込めれば……いや、その前に追いつかれる。

あぁ、くそぉ。やっぱり詰みなのか。

「やぁーっ！」

え？

女の子の声がした。しかも頭上から。

見上げても女の子の姿はなかったが、スピノサウルスに向き直るとその足元にいた。

薄桃色の、長い髪の女の子だ。

「ちょっとあんた、邪魔よ」

「え？　え？」

もうひとりいる。こちらは青みがかった銀髪の女の子。

二人とも、俺より一つか二つ若く見える。

「ぼうっと突っ立ってないで、武器を取りなさいよっ」

「ぶ、武器？」

「まさかあんた、武器も持たずに出歩いてたっていうの⁉」

いや、そもそも武器なんて持ってないし。

この子は大きな弓を持ち、あっちの子は身の丈ほどもある大剣を構えてスピノサウルスと戦闘中だ。

「死にたいの、あんた⁉」

「いや、あの、これには理由が……」

「シェリル、ちゃん……もう、持たない、ですぅ」

「ルーシェ！」

大剣の子の悲痛な声が聞こえた。

あんな小さな体で恐竜の相手をするなんて、無理過ぎるだろう。

ヒュンっと風を切る音がして矢が飛んでいく。

よく見るとこの二人、結構ボロボロだ。

ボロボロなのに、まさか俺を助けようと駆け付けてくれたのか？

どうする。俺のせいで二人が怪我でもしたら。いや、怪我で済めば御の字だろう。

くそ。戦闘系スキルだったらよかったのに。そうすれば二人に加勢もできただろう。

でもそしたら俺、砂漠になんかいなかったか。

「に、逃げた方がよくないか？」

「逃げられると思ってんの⁉」

その間も二人は必死に戦っている。

大剣の子は疲れ切った様子で、攻撃を受け止めるのがやっとだ。

スピノサウルスの硬そうな皮膚には、弓での攻撃は効果がなさそうに見える。

逃げることもできない。倒すこともできない。

そんなの、負けるに決まっているじゃないか。

農業系チートスキルでも、何かできないか？

植物で足止め……そのためにいったい何本必要になるんだ。

他に何か、何かないのか⁉

「インベントリ・オープン」

樫の木――調味料の木――果物の木――小麦の木――竹――巨豆――。

大量に生やせれば足止めはできそうだけど、あっさり迂回されて終わりな気もする。

完全な足止めをするには、蔓系植物で――豆⁉

わざわざ巨豆って書いてあるんだ、かなり大きな蔓が伸びたりしないか？

「あぁっ。何もやらないよりはマシだ！」

巨豆の種――というより豆そのものを掴み出す。

うわっ、本当にデカい。ソフトボールより大きいんじゃないか？

「〈成長促進〉」

芽吹いたが、奴の足元で成長させなきゃ意味がない。

「少しだけ、少しだけでいいから、そいつの気を逸らしてくれっ」

「何ですって⁉」

「す、少しだけですのぉ」

少しで十分だ。それ以上は俺の方が耐えられないだろう。

怖い……でも彼女たちだって命がけなんだ。俺だけ何もしないわけにはいかないだろ！

砂に足を取られながらも走って、奴の背後に回り込む。

芽吹かせた種をすぐに砂に植え、もう一度スキルを使う。

奴の尻尾に巻きつけ！

祈るように唱える。その祈りに応えるかのように、砂が盛り上がり、青々とした太い蔓が飛び出した。

「ちょ、デカッ⁉」

予想以上のデカさに、俺自身驚く。

ぐぐぐっと伸びた蔓は、側にあった奴の尻尾へと巻き付き始めた。

『ンギュオオオォォォ』

「さすがに一本じゃ無理かっ」

急いで豆をもう一粒取り出して──

「〈成長──〉」

促進。

そう唱える直前、巨豆を振りほどこうとした奴の尻尾の先が、俺に触れた。

「〈――促進〉。あ、あぁぁっ⁉」

『グギョッ』

豆じゃなく、奴を成長させてしまったぁぁ……あれ？

「あ、あんた何したのよ⁉　スピュラウスが大きくなってるじゃないっ」

「スピュラウス？　あいつのことか――あ！」

そうだ。全ての生命の成長――あの時、荒木はそう言った。

その後で例えば野菜をと言うから、てっきり植物限定だと思い込んだんだ。

だけど全ての生命だ。生命と言えば当然、生き物だって含まれるだろう。

そう。

こいつも成長させられる。

成長させられるということは、つまり――。

「寿命を迎えるまで成長しろ！　〈成長促進〉‼」

びちびちしている尾の先にちょこんと触れ、スキルを使った。

ミイラのように干からびるまで成長しろ。自分でも意味不明なことを考えながら。

するとどうだ。

本当に奴があっという間に干からびて、まさにミイラのようになった。

皮膚は土色から砂漠の砂のような薄い色に変色し、肌はひび割れ、その下の肉はどこにいったのかわからないほど痩せこけた。

『ア、ガ……』

どうっと砂を巻き上げモンスターが倒れる。

口を開けたまま、動かなくなってしまった。

マジ、か。

農業系チートスキルだったはずなのに、無双系チートスキルじゃないかこれ。

「あらあら、どうしましょう」

「ん？」

「あ、あんた……いったい何をしたのよ！」

「え？」

ミイラと化した恐竜の横で、薄桃色の髪の子は困ったように見下ろしている。

銀髪の子は何故か怒ったように俺を睨んでいた。

な、なんで。倒したんだし、喜んでくれるんじゃないのか？

「これじゃ……これじゃ肉も素材も取れないでしょっ！」

そっちかー⁉

「こいつを仕留めるために、三日も追いかけてたのよ！」

「お、追いかけていた？」

「ふふ。でも途中まで追いかけられていたのは、私たちなのです」

「ル、ルーシェ姉さんは余計なこと言わな――姉さん⁉」

薄桃色の髪の子が、へなへなとその場に膝をつく。

顔色が悪い。どこか怪我でもしたのか。

「大丈夫かっ」

「ルーシェ、しっかりして」

言うや否や、銀髪の子はモンスターの死体に駆け寄った。

何をするのかと思いきや、矢じりをモンスターの皮膚に突き立て、腰にぶら下げた革袋を押し当てていた。

「あぁ、もうっ。あんたのせいで血も出ないじゃない！」

「ち、血？　血なんてどうするのさ」

「水がもうないのよっ。血を飲ませるしかないじゃない。それなのに――」

「ちょ、ちょちょちょ。待った。水なら持ってるっ」

この様子だと脱水症状を起こしかけてるか、むしろ起こしているかもしれない。

血があったところで、そんなもの飲んだら気持ち悪くなりそうだ。

インベントリから取り出した瓢箪を、銀髪の子に渡す。

「中に水が入ってる。大丈夫。俺も飲んだものだから」

今のところは俺のお腹も大丈夫だ。

「水……でもどうして。水は凄く貴重なものじゃない」

「どうしてって、脱水症状を起こしているなら飲ませなきゃダメだろ。あ、水はまだあるから心配しなくていいよ」

どうしてかと尋ねられるとは思わなかった。

そんな水程度で……いや。ここは日本じゃない。砂漠なんだ。

雨の少ない土地では、当然水は貴重なもの。

見知らぬ男が突然水をくれるなんて言っても、下心があるんじゃないかって警戒するのも仕方ないよな。

「ならこうしよう。俺は砂漠で迷子になっているんだ。人が住んでいる所まで案内してくれるなら、この水を全部譲るよ」

「まい、ご？　いったいどこから来たのよ、あんた。見慣れない変な服装だし」

「うぅん、それを説明するには、長いようで短い話になるんだが。それより、どう？」

学生服はこっちの人の基準だと、変な服なのか。

彼女は少しだけ考えてから、無言で頷いた。

瓢箪を受け取り、薄桃色の髪の子――お姉さんに水を飲ませた。

「君も飲んでおきなよ。水は戻ればまだあるから」

「まだあるの⁉　え、戻るってあんた、迷子になっているんじゃ」

「あー、うん。町を探して歩き回ってたんだけど、暑さで死にかけてさ。それで休憩場所を作って、今日はそこを拠点に探索をしていたところさ」

「そ、そう。水をそこに隠してあるのね」

ん？　隠す？

「いや、隠してないけど」

「あんたバカなの⁉」

「ケホケホホッ」

「あぁ、ごめんルーシェ姉さんっ」

急に大きな声を出すから、ルーシェって子が咽（むせ）ちゃったよ。

「と、盗（と）られでもしたらどうするつもりっ」

「うぅーん……わざわざ砂漠のど真ん中まで、盗みに来る奴とかいるのかなぁ」

「私たちは砂漠のど真ん中にいるわよ」

ぽんっと手を叩（たた）く。

「なるほど」

「なるほどじゃないわっ」

「そうだ。そっちのお姉さん、涼しい所で休ませた方がいいだろう。その休憩場所に日陰があるんだ。少し歩くけど、来ないか？」

「日陰……ん……そう、ね。ルーシェ、歩ける？」

「俺がおんぶしようか？」

細身だし、たぶん軽いと思う。

園芸クラブで十キロの肥料を二、三袋担いで倉庫と花壇を往復していたから、多少は体力にも自信がある。

「へ、変なことしないでよ。もし変なことしようものなら、私が矢で脳天を射貫くからっ」

「し、しないって」

の、脳天を射貫くなんて……やだこわい。

それにしても、こんな手足も細い子があんな大剣を……。

銀髪の妹さんも、お姉ちゃんの大剣を軽々と持ち上げている。

この二人が力持ちなのか、それともこの世界の人たちが平均して力持ちなのか……。

しばらく歩いて目印の杉の木を見つけた。

「な、何なのこれ!?」

「え、杉の木だよ。あぁ、砂漠じゃ生えてないか。目印に俺が植えたんだ」

「植えたですって!?」

太陽を背にして歩いて来たから、太陽に向かって進めばいい。万が一を考えて、帰る方角の枝を折ってある。その方角にまっすぐ歩けばいい。

モンスターと遭遇するまでに、杉の木は五本成長させてある。

一時間ぐらい歩いたか、そろそろ背中の子が重く感じ始めた頃。

「見えた。あそこだ。あの木の中で休めるよ」

「き、木の中で休む？　どういうことなの」

「まぁ口で説明するより、見てもらった方がわかりやすいから」

ツリーハウスに到着すると、俺は構わず中へ入る。

「まずはお姉さんの方を寝かせよう」

「すみま、せん、です」

かなり弱っているみたいだな。

体を冷やしてやりたいが、氷なんてないし。

鞄にタオルが入ってたはずだ。それを濡らして、体を拭いてやるぐらいしかできないか。

外に出て瓢箪を一つ収穫する。なんとなくだけど、朝より大きくなっているような？

成長が早いのはスキルの影響なのか、それとも水が溜まることで成長しているのか。

まぁどっちでもいい。

タオルをしっかり濡らして、ツリーハウスの中にいる妹さんに渡す。

「それで体を拭いてやって。少しは火照った体を冷やしてくれるはずだ」

「あ、ありが、とう」

「俺、外に出てるから」

はぁ、砂漠を歩くのって疲れるなぁ。それに靴の中もじゃりじゃりだ。

靴の中の砂を出そうと脱ぐと、

「砂あっつ！　砂漠じゃ絶対、裸足になれないな」

けどこの熱さ、砂にジャガイモを埋めたら蒸し焼きにできないか？

試しにやってみよう。

収穫してあったジャガイモをインベントリから取り出し、砂に埋めておく。

どうか無事、蒸し焼きにできますように。

「さてと。そろそろ入っても大丈夫か？」

扉に向かってそう声をかけてみたが、返事がない。

「だ、大丈夫？」

やっぱり返事がない。

まさか二人とも……。

慌てて中に入ると、二人が床に倒れていた。

「お、おい。お――」

すぅーっと寝息が聞こえる。顔も穏やかだ。

どうやら二人とも、ぐっすり眠っているみたいだな。

何日も砂漠でモンスターに追われ追いかけていたみたいだし、疲れたんだろう。

ゆっくり寝かせてやるか。

それじゃ俺は、外に出していたトマトとキュウリの種を取り出す作業をしますかね。

さすが砂漠の炎天下。しかも湿度もないし、たった数時間でもいい具合に乾燥されているな。

ちゃんと成長するか、試しておこう。

「〈成長促進〉」

小さなトマトの粒を掴んでスキルを発動。

お、ちゃんと芽が出た。せっかくだし植えて収穫できるまで成長させておこう。

時々タオルを濡らして、二人を起こさないようそぉっと顔を拭いてやる。これだけでもきっと涼しいはずだ。

しばらくして、二人が同時に目を覚ました。

「た、大変お世話になりました」

「いや、そんな畏(かしこ)まらないでよ。俺だって二人のおかげで命拾いしたんだし」

「で、でもスピュラウスを倒したのは、あんたじゃない」

「時間を稼いでくれたのは、二人だろ？　な、お腹空(す)いてない？　俺、もうペコペコでさ」

「あ、その……すみません。私たち、食料は……」

「相談なんだけど、二人が持ってる調理器具、貸してくんない？」

お姉さんの方をおんぶして歩いている時に気づいた。彼女らは鍋を持っていると。

「い、いいけど」

「じゃ、材料は俺が用意するよ。少し待ってて」

「で、でしたらお料理は私が」

外に出て、インベントリを開く。料理に必要な物といったら、これだろう。

「調味料！」

調味料の木。まさか調味料がそのまま出てくる木じゃないだろうな。

野菜の木の前例もあるし、あながちないとは言い切れない。

「せ、〈成長促進〉」

成長させた調味料の木は、野菜の木同様に何かが数種類実った。

「何だこれ？」

楕円形(だえんけい)のプチトマトに似た物があるけど、色は黒い。ぷにぷにして柔らかく、どこか知っているニオイがする。これは……。

「しょうゆ⁉ え、待って。しょうゆなのか、これ」

皮を剥(は)ぐと、中身は黒いゼリーだ。

うぅん……舐めてみるしかないな。

「あー……しょうゆだ、これ」

まさか異世界にもしょうゆがあるとは。しかもゼリーだし。

あっちの実はなんだろう？　収穫してみると、中身は粉末……コンソメ!?

コンソメスープ作れるじゃん！

◇◆

「はふっ、はふっ」

「んく。おいひぃ～」

追加で成長させた野菜の木には、スープに合うものがいくつか実った。

タマネギ、ホウレン草、キャベツ。そこに昨日収穫したニンジンとジャガイモを足して、コンソメスープに。

どうやら二人には好評なようだ。

砂に埋めていたジャガイモも、いい感じに蒸されてて美味い。

「二人が塩を持っててよかったよ。蒸かし芋だけだと、味気なかったしさ」

塩は実らなかったんだよなぁ。

と話しかけても、二人は夢中で食べていて返事はない。

「んっく……ぷはぁ～」

「ふぅ～」

二人とも、いい飲みっぷりだ。

「ごちそうさまです」

「ご――さま……わ、悪くなかったわ」

「二人とも、具合はどう？」

「はい、落ち着きました。ね、シェリルちゃん」

「え、あ……うん」

「そか、よかった」

俺も残ったスープを飲み干し、ひと息ついた。

明日は何を作ろうかな。小麦粉の木なんてのもあるし、絶対これ、麦じゃなくって小麦粉が実るパターンだろ。

「オイルの木なんてのもあるし、何でもありだな」

「何のこと？」

「あ、いや、こっちの話。そうだ、まだ自己紹介していなかったね。俺は大地豊だ」

「だいちが……ゆたか？」

銀髪の子が首を傾げる。

異世界でも、俺は名前で弄られることになるのだろうか。

「ユタカって呼んでよ」

「ユタカさん、ですね。私はルーシェ。こっちは双子の妹でシェリルちゃんです」

この二人は双子だったのか。

顔立ちは似ているけど、髪や瞳の色、それに雰囲気は全然違う。

薄桃色の髪の姉ルーシェは、おっとりした感じの女の子で大剣使い。

銀髪の妹シェリルは、勝気な印象を持つ弓使いの女の子だ。

あと、ルーシェとシェリルには決定的な違いがある。

胸だ。

ルーシェはひん……小振りで、シェリルのそれは大きい。

双子でどうしてここまで差が出たのか。口が裂けても絶対に聞けない。

「貴重な食料を分けてくださり、ありがとうございます」

「あ、いや。野菜はいくらでも成長させられるから、気にしなくていいよ」

「成長、ですか？」

「あー、俺のスキルは――」

スキルのこと、言っても平気だろうか。

スキル鑑定があるぐらいだ。この世界の人だってスキルは持っているだろう。

「俺のスキルは成長促進といって、生き物の成長速度をコントロールできるんだ」

「じゃ、今食べた野菜も？」

「そう。ちなみにこのツリーハウスも、昨日成長させたばかりの木なんだ」

「こんな立派な木を、昨日植えたばかりだってこと⁉」

「そ。さっき倒したモンスターも、このスキルを使ったのさ」

そう言うと、二人が同時に首を傾げた。

双子らしい、見事なシンクロだ。

「待って。成長させるスキルなんでしょ？」

「それでどうやって、スピュラウスを、あのモンスターを倒せたのですか？」

「うん。十歳の子供を十年成長させたら、何歳になる？」

「二十歳」

「だよね。じゃあ、百年成長させたら？」

ここまで話すと、二人はわかったようだ。

生き物は死ぬ瞬間まで、成長し続けている。だから限界まで成長させれば、死ぬに決まっているんだ。――と思う。

「実はスキルが使えるようになったのは昨日で、正直俺もまだよくわかっていないんだ」

「え、昨日ですか……」

「どういうこと？」

「えっと、それが……実は俺、悪い魔術師軍団に拉致（らち）されて」

「拉致ぃー!?」

俺を召喚した連中を、悪い魔術師軍団に置き換えてみた。

「そいつらは、まだ発現していなかった俺のスキルを呼び覚ましたんだけど、思っていた効果ではなかったんだ」

「思っていたもの？」

「あぁ。戦闘系のスキルを欲しがっていたみたいだ」

「ですがユタカさんのスキルは」

「あぁ、まさかモンスターを一瞬で倒せるスキルだとは俺も思わなかったよ。それはあいつらもそうだったんだろうな」

「確かに成長促進なんて聞いたら、対象は植物っぽく感じるわね」

そして有無を言わさず、俺は魔法陣に乗せられて。

「気づいたら砂漠だったんだ」

それっぽく説明できたと思う。あとは信じてくれるかどうかだ。

「大変だったのですね」

「それで迷子だって言ってたわけね」

よし。信じてもらえたようだ。

まぁ嘘ってわけでもないしな。

「いきなり砂漠のど真ん中だし、ここがどこなのかもわからないんだ。だから、頼む」

頭を下げ、手をその上で合わせた。

「砂漠じゃひとりで生きていけない。どうか町まで案内してくれないだろうか？」

「町……ですか？」

二人は顔を見合わせ、困ったように眉尻を下げる。

案内できない事情でも、何かあるんだろうか。

「町はちょっと……」

「悪いけど、町までここから半月近くかかるの。だから案内は無理よ」

半月も⁉　予想外だったけど、二人が難色を示したのはそういうことなのか。

あれ？　じゃあ、この二人はどこから来たんだろう。

「あの、もしよろしければ、私たちが暮らす集落へいらっしゃいませんか？」

「ルーシェ⁉」

「大丈夫ですよ、シェリルちゃん。命の恩人ですもの。放ってはおけません」

「……で、でも、みんながダメって言ったら、追い出さなきゃいけなくなるじゃない」

「その時はユタカさんの希望通り、町まで案内すればいいんです」

シェリルは少し考えてから、はぁっとため息を吐いて頷いた。

「わかったわ。ひとまず集落に向かいましょう」

よかった。なんとか人のいる所には案内してもらえそうだ。

「よろしく頼むよ」

翌朝早く、実っていた瓢箪を全て収穫し、ツリーハウスを出発した。

せっかく成長させたから、少しもったいないな。

俺のように砂漠を彷徨う人がいたら、ぜひ役立ててほしい。

にしても、眠い……まだ太陽も昇ってないからなぁ。

けど仕方ないか。

太陽が出れば気温が上昇して、暑さで倒れる危険もあるのだから。

まだ薄暗い砂漠を歩く。彼女らは星を見ながら方角を確かめているようだ。

しばらく歩くと太陽が昇り、途端に気温が上昇し始める。

もうダメ……ってなる手前で杉の木を成長させ、日陰を作った。

「はぁ……日陰があるだけで、こんなに違うんだなぁ」

「ユタカさんのおかげで、こうして涼めます。私たちのテントは、途中であのスピュラウスに襲われた時に、置いてきてしまったので」

「そうだったんだ。ツリーハウスの種に余裕があれば、その都度成長させられるんだけど」

種は残り九個。二人が暮らす集落までは三日ほどかかるという。

遠いからじゃない。

砂漠じゃ足を取られて歩くのも遅くなるし、日中は暑過ぎて歩けない。移動時間も限られるうえに、少しの距離を歩くのにも時間がかかるからだ。

「二人が暮らす集落って、どんな所？」

「大きな渓谷があって、その谷間にあるんです」

「そこに二十人ぐらいで暮らしてるのよ」

たった二十人⁉

と思ったのが顔に出たのかもしれない。

「私たちの両親の時代には、西にある村で暮らしていたのです」

「だけど五十年ぐらい前から、傍にあったオアシスの水量が減り始めて」

「それで二十年前に、村の半数の人が何組かに別れて、離れた水場に移住したのです」

なるほど。少人数に別れて、各方面に移住したのか。

よそ者の俺が入っていっても、大丈夫だろうか。

「安心してください。ユタカさんは私たちの命の恩人です。きっと集落の人たちも受け入れてくださいます。ね、シェリルちゃん」

「え、あ……そ、そうかもね」

「ただあまり期待はしないでくださいね。ユタカさんに頂いたお野菜の半分も、私たちは知りませんでした。あんなに具材の入ったスープは、生まれて初めてです。それぐらい、ここでは作物が実りませんので」

「あ、それは心配しないでくれよ。昨日も話したけど、俺のスキルで野菜もすぐに成長するからさ。種もほら、インベントリにたくさん入ってるし」

「いんべんと、り？」

ん？　インベントリを知らない？

もしかして、これは召喚された者だけの特権だろうか。

「えっと、アイテムを出し入れできる……うぅん、なんて説明すればいいんだろう」

「もしかして収納魔法？　魔法で開けた空間に物を入れたり、出したりできるっていう」

魔法はあるのか。

「そ、そうなんだ。野菜や木、果物の種もある。まぁ肉はないけどね」

「お肉でしたら、狩りをすれば手に入りますの」

「すっごく美味(おい)しいお肉、誰かさんが不味(まず)くしちゃったけどね」

あの恐竜モドキのモンスターか。それは……残念なことをしたな。

「ふぅ。日陰があっても暑いものは暑いな。やっぱりツリーハウス、成長させるかな」

「ですが種に余裕がないのではありませんか？」

「余裕がないわけじゃないけど、残りが九粒だからもしもの時に取っておきたいなって。でも夜は冷え込むだろうし、せめて寝る時ぐらいはって思うんだけど」

「それでしたらこの木を、薪代わりにしてはどうでしょう？」

薪か。それはいい案だ。

夕方にはどうせここを発つんだし、そのままにしておくよりずっといい。

ただ問題は。

「伐採するための斧がない」

「それなら、ここに」

そう言ってルーシェは、自分の大剣を指さしてにっこり微笑んだ。

ただの大剣じゃない。その刃の幅は、三十センチ以上はありそうなぶっとい剣。

「じ、じゃあ、夕方の出発の時に」

「はいです」

「そ、それにしても、凄い剣だよね。ずいぶん重そうだけど」

「あ〜、はい、どうぞ」

はい、どうぞと言われてもそんな大剣……あ、あれ？　受け取った大剣は、予想外に軽い。

「これは戦士だった父から譲り受けたものなのです。曾祖父の代に、迷宮で手に入れたとかなんとか。剣には魔法がかけられていて、持つ者にとって扱いやすい重さに変わるのですよ」

「重さが、変わる?」

「実際には重いんですよ」

「試しに砂の上に投げてみなさいよ」

言われて剣を軽く投げてみた。するとどうだ。

ブォフッという音と、凄い量の砂を巻き上げて落ちた。

「うわぁ、砂にめり込んでる」

「実際は私たちの体重ぐらいあると思いますよ」

というルーシェに、体重を聞いたりはしない。

モンスターと戦っているってことは、二人もスキル持ちなんだろうか?

「二人もその、スキルを持っていたりする?」

「えっと……私、はね。狙った場所に必ず当てられる、〈必中〉っていうスキルを」

「集落でも、スキルを持っているのはシェリルちゃんだけなんですよ。凄いでしょう?　私も頑張って、スキルを収得しようとしている最中なんです」

ってことはこの世界のスキルって、努力して習得するものなのか。

「でもユタカさんも凄いですね」

「俺が?」

「はい。だって魔法使いさんに呼び覚まされたと仰っていましたよね？　それって潜在的に持っていたスキルのことでしょうし」

「潜在スキルって、凄く強力なものだって聞いたわ。確かにモンスターを一瞬でミイラにするんだから、凄いわね。ま、肉も素材もダメにしちゃうけど」

う……まだ根に持たれているのかな。

そっか。スキルは努力で習得する方法と、潜在的に持っているものとがあるようだ。

召喚特典はどっちなんだろうな。それともまったく別枠なのか。

しばらく木陰でうたた寝した後、日暮れ前に移動の準備に取りかかった。

「このぐらいかな」

「いいんじゃない。このぐらい乾燥していれば燃えやすいだろうし」

「シェリルのお墨付きを貰えたなら、大丈夫だな」

「べ、別に、お墨付きを出してあげたわけじゃないわよっ」

彼女は頬を染め、慌ててそっぽを向いた。

日陰用の杉の木は、寿命で倒木寸前になるまで追加で成長させた。

そうすれば木の水分がとんで、燃えやすくなるんじゃないか——ってルーシェの案で。

それに伐採もしやすくなったようだ。

ルーシェが輪切りにした杉は、俺のインベントリへ。

そして歩き出す。

太陽が沈めば気温が下がり始める。

寒くなり過ぎれば体力が奪われるから、そうなる前に野営の準備だ。

焚き火の準備をして、温かいスープを作る。

具はキャベツとニンジン、タマネギ。たっぷり使ってお腹を満たせば、疲れもあって瞼(まぶた)が重くなるのも早い。

「交代で寝るわよ。野宿慣れしてないようだから、あんたは一番に寝て。見張りをするのは三番目よ」

「あ、うん。ごめん、先に休ませてもらって」

「いいんです。ユタカさん、どうぞお休みになってください」

眠い……眠りたいけど……寒い。

焚き火があってもこの寒さだ。なかなか眠れない。

いやむしろ寝たらヤバいんじゃないかって心配になる。

そういや新聞紙とかを服の下に挟むと、寒さ対策になるって聞いたな。

ノートで代用できないかと鞄を開けて思い出した。

「これ、使えるじゃん」

鞄にあったのは、園芸クラブで使うから代理で買ってきてくれと頼まれたもの。

冬場に撒いた種が寒さで枯れないよう、土の上に被せる保温シートだ。

「何ですか、それ？」

「焚き火の明かりが反射して、ピカピカしてるわね」

「保温シートっていうんだ。焚き火を囲むように張れば、その内側は暖かくなると思う」

木の枝を砂に立てて、それに這わせるようにシートを伸ばす。

思った通り。シートに焚き火の熱が反射して、その間の空間が暖かくなってる。

「どう？」

「ふわぁ、暖かいですぅ」

「ほんとだわ。暖かぁい」

やっぱり二人も寒かったんじゃん。

砂の上に横になって目を閉じる。ふあぁ、ぽかぽかするなぁ。

特に右腕とか――ん？　左腕も、暖かい……。

パチっと目を開けてそぉっと横目で左右を見る。

ど、どういうこと？

右にはルーシェが、俺の腕を抱え込むように眠っている。

左には見張りのために起きているシェリルが、俺にぴったりくっついて座っていた。

両手に花……って、こういうことを言うのかな。

嬉しいけど、これじゃ眠れないよ！

――と思っていたけれど、花よりも眠気が勝って交代する時間までぐっすり。

太陽が昇り始める前に出発。

しかし毎晩あの状況が続くなんてこと、ないよな？

◇
◆

いや、続いた。

ツリーハウスを出発して三日目の夜。昨日も、そして今も、二人は俺にぴったりと寄り添っている。

明日は早い時間に集落へ到着するだろうって言ってたな。どんな所なのか、楽しみだ。

いろんな意味でドキドキしながら、今日もまた数分で眠りについた。

そしてツリーハウスを出発して四日目の朝――。

テレビで見たグランドキャニオンのような、切り立った山の麓へと到着した。

絵具で塗ったような、美しい地層の浮かぶ渓谷を進んでいく。

「ずいぶん狭いな」

「だからこそ安全なんじゃない」

「この広さですと、中型以上のモンスターは入ってこれませんので」
なるほど。自然の要塞ってことか。
谷は二人並ぶと狭く感じるほど。しばらく進むと、開けた場所に出た。
奥の方に大きなテントがいくつか見える。遊牧民のようなテント暮らしなのか。
ここが、二人の故郷……。草木一本見えない、不毛な土地。
草木がないなら、スキルで成長させればいい。
俺にはそれができる。
その前にまず、ここの人に受け入れてもらわないとな。
わずかな不安を抱きつつ、二人の後を追ってテントの方へと向かった。

第二章　異世界砂漠ライフ

「う、美味い⁉　こんな美味い料理、生まれて初めてだ」

「ほんと、なんて美味しいのかしら」

到着して早々、俺は集落の人たちに賄賂を振舞った。

インベントリの中には俺とルーシェ、シェリルの三人では食べきれなかった野菜がまだ残っている。それに個別で成長させた野菜を加え、肉じゃがと野菜炒めを作った。

肉もたっぷりある。

その肉はツリーハウスからここまで来る途中に、何度も襲ってきたモンスターのものだ。

襲われる度に――

――こいつは私が殺るわっ。あんたはスキルを使わないで！

――ユタカさん。こっちをお願いします。

――こちらは食べられませんし、素材にもなりませんから。

っとまぁこんな感じで、俺も容赦なく戦闘に参加させられた。

しかも俺のスキルは、対象に触れないと効果が出ない。

つまり、超至近距離でモンスターと対峙しないといけないわけだ。

いやもう、生きた心地がしなかったよ。

ま、でも頑張った甲斐はあったかな。

こうしてみんなが笑顔で食べてくれるんだからさ。

このまま賄賂作戦が成功して、集落の仲間入りさせてもらえればいいんだけど。

「ユタカさん。みなさんにあなたのことをお話ししておきました」

「よかったわね。ここで暮らしてもいいってよ」

「え、本当か⁉」

よそ者だから受け入れてもらえるか少し心配だった。

どうやら賄賂作戦は大成功だったようだ。

「二人から話は聞いたよ。いやぁ、大変だったねぇ」

そう声をかけてくれたのは、三十代半ばの男の人だ。

「オーリさんです。集落で一番年長者なのですよ」

とシェリルが教えてくれた。

「悪い魔法使いに突然砂漠へ飛ばされたと聞いたけれど、故郷には戻らなくてもいいのかい？

家族が待っているだろう」

「あ……家族はいません。両親は去年、事故で亡くなっているので。他に兄弟もいませんし」

これは本当だ。

両親が事故で亡くなった後、疎遠だった親戚がいきなり来て遺産相続の件でいろいろ揉めた。

帰ったって、おかえりと言ってくれる人はいない。

召喚されたばかりの時は動転していたし、捨てるなら帰らせてくれと言ったけども。

でも今更ながら思う。

「俺に帰る場所なんてありませんから、どうせなら新天地で心機一転、頑張ってみたいなって思うんです」

こうなったら、異世界ライフを満喫するしかないだろう。

「ユタカさん……」

「そうだったのか。辛いことを思い出させたね」

「あ、いえ。もう慣れましたから」

「まぁ、そういうことだったら。砂ばかりのこんな土地だけどね、遠慮なく住んでくれていい。だけど家はどうしたもんかな」

「あ、家の心配はいりません。自分で成長させるんで」

そういうと、オーリは首を傾げた。

とはいえ、今日のところはルーシェとシェリルのテントに泊めてもらうことになった。

砂漠で三日も野宿だったし、歩きどおしで疲れているのもある。

何よりツリーハウスを成長させるには、ＭＰがだいぶ必要そうだしな。また眩暈を起こしたくないし、明日にしよう。

「今日はこちらのベッドを使ってください。父が使っていたもので申し訳ないのですが……」

「ありがとう。でも親父さんはいいの？」

「いないわ」

「え……あ」

この反応。そして視線を逸らす仕草。

もしかして二人の親父さんは……。

「うちも……親、いないのよ」

「母は私たちが幼い頃に病で亡くなって、父は一昨年、狩りの最中に……」

「そう、だったんだ……いいのかな、親父さんのベッド、使わせてもらって」

「はいっ。ぜひ使ってください」

「なんだったら、あの木の家が完成したら、持っていってもいいわよ。ね、ルーシェ」

「えぇ、それがいいです」

貰っちゃっていいのかな。

いやでも正直に嬉しい。

ツリーハウスの中は快適だけど、床は木だから寝るには硬い。硬過ぎる。

「ユタカさん、よろしいでしょうか？」

この本を手に取ってくださった方へ

はじめまして、大澤正彦です。

このたび、私が日頃から実践し、自分の可能性に気づかせてくれる「自己紹介」について書いた本を出版することができました。

まずは、自己紹介させてください（どうしよう、すごい緊張する）。


私の夢は、ドラえもんをつくることです。

……そう言うと、

「わかりやすいですね!!」という方と、

「わかりにくい……」という方に、きっぱり分かれます。

あなたは、どちらだったでしょうか。

私は、物心ついた時には既にドラえもんをつくりたくて、子どもの頃からずっとその夢を追い続けてきました。小学生の頃からロボットや電子工作に夢中になり、高校は工業系の高校でプログラミングを学びました。大学もそのままコンピュータについて学び、現在は人工知能の研究者として大学で教鞭をとっています。

私の研究は、人の知性を理解しようとする心理学、認知科学、神経科学などの知見を参考にしながら、人のような人工知能をつくることです。特に、人と人工知能の関わり合い（我々はインタラクションと呼びます）に関する研究を行なっています。

さて、私の夢は、わかりやすくなりましたか？　最初、「わかりにくい」と思われた方の中には、「少しわかった」という方もおられるのではないでしょうか。

ドラえもんをつくりたい思いやその活動については、前著『ドラえもんを本気でつくる』（PHP新書）をぜひご覧いただきたいのですが、今回は「自己紹介」というものに向き合ってみたいと思います。

私はずっと、不貞腐(ふてくさ)れていました。自分の夢を理解してくれる人に出会えなくて。もっといえば、夢を理解してくれない他人のせいにしていたのです。

でも、相手がどんなことを知っていて、どんな背景があって……例えば「ドラえもんをつくりたい」という私の言葉を聞いてどのようなことを思い浮かべるのか!? ……何も思い浮かばないのか。そういったことを理解して、何をどの順番で話すべきかを考えるのは、自分自身の責任だということに気がつきました。

そして、夢を理解してくれる人に出会えないのを自分の責任として、伝えるための試行錯誤を始めてから、どんどん理解してもらえるようになりました。

そして変わったのは、私の人生でした。

自己紹介は、ありきたりで、誰でもできることに思えます。

でも、自己紹介ってなんだろう？　って。考えたことはありますか？　自己紹介を本気で練習したことはありますか？　いずれも〝ない〟という方が多いのではないでしょうか。

自己紹介がうまくできれば、自分の生きやすいように生きられる力を手に入れられます。自己紹介を練習すれば、その中で自分のやりたいことを見つけることができる人も多くいます。

これまでの人生がどれだけ価値があったかに気がつくこともできます。到底短時間では語りきれないほど、たくさんの価値があります。テクニックだけではない、本気で自分に向き合ったからこそ見える、あなた自身の姿が見つかるはずです。だから、この本一冊かけて、じっくり自己紹介の価値ややり方について語っていきたいと思います。

興味がある章からで構いません。この本があなたのお役に立てそうか、ペラペラとページをめくってみてください。

注）この自己紹介は、本書で解説する自己紹介のつくり方に則り、「ターゲット」「目的」「シチュエーション」を設定してつくられています。詳しくは第3章で解説しています。

・シチュエーション　『じぶんの話をしよう。』という書名を見て関心をもったあなたが、本書を読んでいる。

・ターゲット　なんとなく自己紹介を考える価値があると考えている人

・目的　まずは、目次を読んでもらう！

《目次》

序章

人工知能の研究者が、自己紹介を教える理由

第1章 自己紹介すると、夢が叶うのはなぜか

第2章

自己紹介とは○○である

第3章 戦略的自己紹介のつくり方

第4章 実践！ 自己紹介の型

序章

人工知能の研究者が、自己紹介を教える理由

人工知能の研究者が、なぜ自己紹介を教えるのか

私は、日本大学文理学部で、専門である人工知能について教えています。また、大学では「自己紹介」の授業や研修も実践しています。

- 人工知能の研究者が、なぜ自己紹介を教えているのか
- そもそも、自己紹介は大学で教わるものなのか

どちらも、もっともな疑問だと思います。ちなみに、日本大学で以前から自己紹介の授業があったわけではなく、私が始めました。

右記の質問に答えることで、私がなぜ自己紹介の本を書こうと思ったのか、自己紹介ができるようになると人生にどのような価値がもたらされるのかを、みなさんにお伝えできるのではないかと思っています。

私にとって自己紹介が重要だった理由は、ドラえもんをつくるために必要だったからです。

自分の夢を多くの人に理解してもらい、協力してもらうためには、きちんと自己紹介ができる必要がありました。

では、それを人に教えようと思った理由は……というと、やはり、ドラえもんをつくるために必要だったからです。

ドラえもんは1人でつくるものではなく、「みんなでつくる」ものです。

私が考える「みんなでつくる」とは、例えば私がプロジェクトリーダーとしてチームメンバーに指示してつくるのではなく、天才研究者による少数精鋭チームでつくることでもありません。

「みんなでつくる」とは、世界中のみんなが自分の能力を最大限に発揮できる環境において、みんなが主体的につながり合い、協力し合いながら、自然と生まれてくるイメージです。みんなが主体的につながり合うためには、それぞれが自分のことをちゃんとわかっていなければなりませんね。

私は100億人の仲間たちと、ともにドラえもんをつくることを実現したいのです。そのためには、一人ひとりが自分らしく、わくわくしながら活動できる場が必要なのではと考えました。

ドラえもんが生まれるとしたら、きっとそのような場所で生まれるんじゃないかと思うのです。また、そのような場所で生まれるからこそ、みんなに愛されるドラえもんになるのではないでしょうか。

そこで私は、ドラえもん開発の土壌を育むべく、日大文理学部に次世代社会研究センターのRINGS（Research Institute for Next Generation Society）を設立しました。

Know how より Know "who"

RINGSは、産官学の壁を取り除いて社会課題の解決を目指すコミュニティベースの研究教育拠点です。

ここでは大学の学生はもちろん、教職員、企業、官公庁や地方自治体の職員、他大学、メディア、高校生など多種多様な立場の個人や組織が一つの組織を形成し、文理融合による価値創造を目指しています。

もう少し柔らかく表現すると、誰かが「これやってみたい！」「面白い！」とか、逆に「誰か助けて！」と声をあげたら、そこに人が集まり、人と人との出会いから新しい価値が生まれたり、問題が解決されたりする場所をつくりたかったのです。

さらにいうなら、ノウハウ（Know how）より、ノウフー（Know who）が醸成される場所にしたかった。ノウハウが、「どうすればいいか」であるのに対して、ノウフーは、「誰に聞けばいいか」。

聞いた相手が必ずしも解決策を持っているわけではありませんが、「この人に聞けば物事が進みそう」と思える人との出会いに直結するような場所を目指しています。

それは僕が「ドラえもん」の中で一番すごいと思ういつものシーンのようです。

「ドラえも〜ん」と言って駆け込んでくるのび太。自分だけの力では解決方法が想像もつかないような場合でも、「ドラえも〜ん」と言って駆け込んでくると、物語が進んでいく。

RINGSの一番の特徴に、プロジェクトありきの組織ではないことが挙げられます。だからこそ、プロジェクトがたくさん生まれます。

従来の組織では、「このプロジェクトをやるからこの指とまれ！」で人を集めたり、あるいは既にやることが決まっていて、各メンバーに仕事や役割が振り分けられるのが一般的です。これがプロジェクトベースの組織運営とすれば、私たちはそれをやめました。

その代わり、「コミュニティベース」の組織運営を採用しています。チームとして何をやるかは決めません。チームとして取り組むべきプロジェクトがあるわけではないのです。

では、何をするのかといえば、「みんな集まれ！　みんなで仲良くなろう！」と交流することに注力する組織です。

そこで仲良くなったメンバー同士が、「これ、一緒にやりたいよね」と会話が弾んで、そこからプロジェクトが自然発生していくことを狙っています。私がいる大学という場所なら、そういった新しい考え方を思いきり実践・実験してみることもできるかもしれないと思ったのでした。

また、会社組織ではすべてをコミュニティベースにすることは難しくても、部分的に取り入れることはできます。実際にＲＩＮＧＳは多くの企業や行政と連携してコミュニティを形成しています。

コミュニティからプロジェクトが自然発生

ただし、人が集まれば勝手にプロジェクトが生まれるということはありません。

それは私もよくわかっています。プロジェクトが自然発生するには、それ相応の仕組みが必要です。そしてその仕組みこそが「自己紹介」です。

私たちが実践する自己紹介は、一般的にイメージされる自己紹介とは少し違うかもしれません。

自己紹介は、「初対面の人に対して行なうもの」という認識が一般的だと思います。自己紹介で話す内容も、主に所属や仕事内容、それからせいぜい趣味や経歴を伝える程度に留まることが多いでしょう。

私たちも初対面の相手に対して自己紹介しますし、「はじめまして」の場面での自己紹介を大事に考えています。

ただ、もっと日常的な実践を通して、自分の過去に価値づけし、未来に開かれた「自分の物語」をつくっていくプロセスにこそ、自己紹介の本来の価値があると私は思っています。

極論、自己紹介を考えて、自己紹介をしなかったとしても、それなりの価値を得ることができます。**考えただけでも、大きな成果を与えてくれるのが私たちの自己**

紹介です。もちろん、考えた自己紹介を実践すれば、さらに大きな価値につながります。

自己紹介で話す内容も、自分が今、取り組んでいること、やりたいこと、将来の夢、目指したい未来、専門分野、好きなこと／嫌いなこと、得意なこと／苦手なことなど多岐にわたります。

それを会う人ごとに、また同じ相手にも会うたびに話すので、そのたびに相互理解が深まり、互いの自己紹介の内容も深掘りされるというスパイラルが起きています。

自分のことを話すことができ、人の話を聞いて自分ごとにとらえられる人たちが100人、200人集まって交流していると、「それ、おもしろいね。一緒にやろう！」と新しいプロジェクトが始まったり、「それ、興味ある。もっと教えて！」と新たな学びのきっかけになったりします。

人との出会いが新しい価値をどんどん生み出していく。RINGSでは、みんなで自己紹介に取り組んだことで、コミュニティからプロジェクトが自然発生する環境が実現しています。

一つのプロジェクトに、官公庁職員から高校生まで

では、コミュニティからどのようにプロジェクトが自然発生し、広がっていったのか、エネルギー問題に関するプロジェクトの例をご紹介しましょう。

発端は、あるドイツ文学科の学生の「環境問題を学びたい」という一言でした。それを聞いた電気事業連合会の専門家たちが、「エネルギー問題についてゼミを開きましょうか」とゼミがスタート。

↓

経済産業省の職員が、「私はカーボンニュートラルについて話せます」とゼミに参加。

←
ゼロカーボンシティ宣言をしている豊田市から、「市の取り組みを紹介できますよ」と声がかかり、勉強会を開催。

←
ボードゲームショップでアルバイトする学生が、「カーボンニュートラルについて学べるようなボードゲームを作れないだろうか」とボードゲームのつくり方を学ぶ勉強会を開催。

←
情報科学科の学生が、「それをオンラインゲームにしたら面白そう」とオンラインゲームを制作。

←
ゲーム実況の現役ユーチューバーとして活躍する学生が、「オンラインゲームでゲーム実況のユーチューブ動画を作れば、より多くの人に興味を持ってもらえるのでは」とゲーム実況動画を制作。

教員志望の学生が、「高校生に対しても教えたい」と高校生、大学生、社会人が参加するゼミをスタート。

↓

そのゼミで学んだ高校生が日大文理に進学し、「大学生活をかけてカーボンニュートラルに取り組みたい」と意欲を燃やし、学園祭で毎年体験型ブースを出展。

↓

それを見た原子力発電所から声がかかり、現地視察が実現。

↓

ほかにも、環境問題のユーチューブ番組を制作したら20万再生を達成したり、節電するAIエージェントの研究が国際会議に採択されて発表されたり、学会で受賞したり、いろんな価値が連鎖的に発生しました。

これで一つのプロジェクト（エネルギー問題）です。RINGSではこれまでに、こういったプロジェクトが無数に生まれました。

なにせ勝手に生まれていくものですから、センター長の私すらもそのすべては把握しきれていません。よく突然「実は○○さんと一緒にこういうプロジェクトを立ち上げて、こんな成果が生まれたんです！」と後から聞いて驚かされます。

誰か1人が発案してプロジェクトを始めたとしても、このような展開にはならなかったでしょう。自己紹介を通して「自分は何をやりたいのか」を理解したメンバー同士が、主体的に人とつながった結果、物事が連鎖的に起きていったのだと思います。

100人で100人の夢を叶える

従来の組織は、リーダーが考えた目的や夢をみんなで叶えるための仕組みです。大勢の人が一つの目的に一丸となって進むために発明された、素晴らしい仕組みだと思います。

かといって、100人いたら、100人分の力が出せるかというと、そういうわけではありません。組織を維持管理するためのコストを差し引くと、100人いれば50人や30人程度の力が出せたら十分なのではないかと思います。

一方、RINGSは、「100人で100人の夢を叶える」組織です。

つまり、1人の夢を残り99人が全力で応援する。1人の夢を100人全員で協力して実現を目指す。100人それぞれの夢がそれぞれ100人分の力で進展していくということです。ちなみに、「ドラえもんをつくる」という私の夢も、そのうちの一つにすぎません。

RINGSはドラえもんをつくるための組織だと思われがちですが、そうではないことが理解していただけたでしょうか。

1人の夢を応援する100人のチームがあり、それが100人の夢の数だけあれば、100人×100夢＝1万人分の価値が生まれます。これは机上での話に聞こえるかもしれませんが、そんな世界もあり得るのではないかと私は思っているのです。

もし、そんな世界が実現したら、世紀のイノベーションだと思いませんか？　従来の組織では100人で30人や50人分の力しか出せなかったのに、1万人分の力が出せればすごいことです。

AIやテクノロジーが仕事を変えるという話では、いつも人は科学技術に取り残されるイメージが広がりますが、1人ではなく、人との協力関係にイノベーションを起こせば、科学技術に引けをとらない人の可能性を見出せるのではないかと考えています。

主体としての人がつながり合い、協力関係が自然発生するのは奇跡と思えるかもしれません。自己紹介という装置でその奇跡を必然のものとして起こせば、価値の総量が増大するはずです。

そこにAIやテクノロジーの力を最大限に活かせば、世界が一変するくらいの大きなイノベーションが起こせるのではないか。私はそんなことを想像して、わくわくしています。

日大で自己紹介を教える理由

私が日本大学文理学部の教員になったのにも、理由があります。

私は日大出身ではありませんし、コネやツテもありませんでした。「日大の教員になりたい！」と、他にお声がけいただいたお誘いすべてを断ってから、日大一択で教員の公募に出願したほどです。

そこまでこだわった一番大きな理由は、日大が「既存の価値を乗り越えられる、超有名大学」だったからです。

例えば、私が所属する文理学部の「偏差値」はおおよそ50程度ですが、これが意味するところはなんでしょうか。普通の人でしょうか？　そんなはずはありません！　大学入試という価値軸で無理やり並べた時に、たまたま真ん中あたりにいたというだけの話です。違う価値軸で並べられたら、まったく違った立ち位置になるはずです。

人は自分や他者の価値を考えることをサボってしまいます。

大学入試だったら偏差値とか、スポーツだったら「全国大会」とか「オリンピック」とか、就職したら「年収」とか、わかりやすい価値軸で人をはかろうとします。だから「優等生」とか「劣等生」が生まれるのです。

でも本当は、普通の人も、優等生も、劣等生もいません。その人が輝ける価値軸で評価されたら、その評価軸で「偏差値100」の人にだってなれるのです。一人ひとりが一番輝ける価値軸を見つけて、全員を一番よい価値軸で評価できる世の中になったら、何が起こるでしょうか。

世界中の人々が、例えば「偏差値100」の人として活躍する世の中になったら、世界が変わっていくと思いませんか？　そんなことを想像したら、わくわくが止まらなくて、いてもたってもいられなくなりました。

私は、一人ひとりの価値軸で一人ひとりを評価できる大学を目指して、日大の教員になりました。そして日大でそれを実現したら、日本全体、世界全体に仕組みを広めていきます。世界中の人が自分の軸で生きられる世界になったら、そこからドラえもんが生まれてくる気がするのです。

自分がもっとも輝ける価値軸を見つけるためにも、自己紹介の実践は欠かせません。

第1章

自己紹介すると、夢が叶うのはなぜか

「まずは軽く自己紹介しようか」が白熱

自己紹介のおもしろさに初めて触れたのは、私が当時代表を務めていた「全脳アーキテクチャ若手の会」で合宿を行なったときのこと。全脳アーキテクチャ若手の会は当初、人工知能に興味がある人たちの情報共有の場として、私が慶應義塾大学の学部生のときに立ち上げたコミュニティです。

合宿所に着いて、「まずは軽く自己紹介しようか」と1人ずつ自己紹介を始めました。参加者は全員で10人ほど。そのときは1人1分くらいで、さっと1周して終わるつもりでした。ところが、いざ始まってみると、1人の自己紹介が30分、1時間を超えても続きます。参加者全員が一通り自己紹介を終えたときには、すっかり夜が明けて、合宿自体が終わりに近づいていました。

自己紹介だけで合宿が終わる——。そんな経験は初めてでした。

でも、終わってみると、不思議なことに、時間を無駄にしたような後悔や、「この合宿は何だったのだろう」といった違和感はありませんでした。

むしろ、ポジティブなエネルギーが増したような爽快感がありました。「こういうのがいい合宿なのかも」と誰もが口々に言うのです。

意外と自分のことが分かっていない

ふり返ってみると、誰かが自分のことを話すたびに、「なぜその研究をやりたいと思ったのか」「その研究の将来性は何か」といった質問が止まりませんでした。それだけお互いへの興味が尽きず、やり取りが白熱したのです。

仲間からの質問にうまく答えられずに、悔し涙を流す人も。確かに、自分の夢や実現したいことを普段から考えていないと、なかなか答えられない質問ばかりでした。

たった1分程度のつもりだったのに、いざ「自分のこと」を話そうとすると、全

然わかっていない。質問されて、まだまだ深掘りの余地があったことに気づいたり、逆に質問にスラスラと答えられる部分は既に深掘りできていることに気づいたり。

なんとか自分のことを伝えよう、理解してもらおうと必死に言葉を探すうちに、これまで言語化できていなかった部分を言語化することができて、朝を迎えるころにはみんなスッキリとした表情になっていました。

そしてこの合宿のあと、参加者にいろんな変化が起き始めたのです。自分で落ちこぼれのレッテルを貼っていたような人でも、自分のやりたいことが言語化されると意思決定が明確になり、どんどん前に進み始めたのです。

すると、噂を聞きつけた他の会のメンバーから、「我々も自己紹介を通じて成長したい。ぜひ合宿を一緒にやらせてほしい」とリクエストがありました。こうして自己紹介するだけの合宿が何度も開催されるようになったのです。

自分自身が一番身近な〝知的システム〟

私は、日本大学文理学部情報科学科に着任すると、1年目から大澤研究室のゼミ生に向けて自己紹介研修を始めました。

その頃、**まだ成長の波に乗っていない人が、波に乗るためにやるべきことが自己紹介**だと確信を持っていたからです。

研究室に配属された学生たちは戸惑いもあったと思います。なにせ、人工知能の研究室に入ったつもりが、自分自身の研究から始めさせられるのですから。

ただ、人工知能にまったく関係ないとも言い切れません。自分自身が一番身近な知的システムですから、それをよく知ることは、知能を知ることでもあります。

そのため自分自身と向き合って、自分という知的システムの中から見つけた研究テーマを扱っていくことができました。

それだけではありません。私は研究室の学生たちをただの学生ではなく、一緒にドラえもんをつくっていく仲間だと考えています。ですから、仲間たちにはどうしても自己紹介ができるようになっておいてもらわなければなりませんでした。

私が大学でやろうとしていたのは、コミュニティをつくって、そこに集まってきた人たちが各自のやりたいことや得意なことに集中する中で、自然に生まれてくるプロジェクトを育てていくことです。

コミュニティから価値が創出されるには、メンバー一人ひとりが自分のことを話せるようになる必要があります。自分のやりたいことを言語化し、それを伝え合うことでお互いの気心が知れて、「この人とこれをやりたい」という気持ちが生まれて初めて、プロジェクトが動き始めます。

人工知能の研究室で、自己紹介を教え始めた

ところが実際は、自己紹介をまともにできる人はほとんどいません。自己紹介を学んだり練習したりする場も皆無です。

学生の場合、自己紹介といってもせいぜい就職活動のために練習する程度で、そ

れも自分を表現するための自己紹介ではなく、他人軸に無理やり自分を合わせようとしている人も多く見かけます。

これまでのコミュニティ運営を通じてそのことを痛感していた私は、大学で学生に自己紹介を教え始めたのです。

大澤研究室は人工知能の研究室ですが、学生たちは、最初の１カ月は徹底的な自己紹介の練習で、結局この年は、半年近く自己紹介の練習ばかりしていました。

徹底して自分に向き合ううちに、学生たちは自分が何をしたくて、何が得意で何が苦手で、そのために何を学んで、どんな活動をしたいのかを明確にしていきました。すると、効果はすぐに出始めました。

手に入れたいチャンスを引き寄せる

自己紹介を練習したことで、目の前のチャンスを逃さず成長を遂げた人を、私はこれまでたくさん見てきました。

全脳アーキテクチャ若手の会のメンバーの例ですが、当時大学生だったAさんのことは、印象的だったのでよく覚えています。サークルにのめり込んで二留したAさんは、全脳アーキテクチャ若手の会に加入した当初、自己紹介がうまくできませんでした。それがよほど悔しかったのか、研修が終わってから後日、「もう一度チャレンジさせてください」と食い下がってきました。その後、Aさんは自己紹介を猛練習します。

自己紹介がうまくなるにしたがって、目の前のチャンスを活かせるようになり、自分の人生を前に進めていきました。彼は在学中に海外の大学に留学し、帰国後は超有名大企業に就職が決まり、新入社員代表で社長に挨拶をする役割を任されるほど大活躍しています。

自己紹介を練習すると、なぜ成果を出せるようになるのでしょうか。

それは、**自己紹介を練習すると、明確な目的を持って自分のことを話せるように**

なるからです。

私が思う良い自己紹介には、必ず「目的」があります。人生で叶えたい夢や目指す未来に対して、その場のチャンスを最大限に活かすために行なうのが自己紹介だと思っています。

例えばコミュニティに参加しているなら、「このコミュニティに参加して何を得たいのか」「どんな人とつながりたいのか」、そうした目的を持って自己紹介する人が、手に入れたいチャンスを引き寄せて、成長し、成果を出していくのだと思います。

余談ですが、世の中にはマウンティングを狙った自己紹介もたくさんある気がしています。私も実際、「俺ってすごいだろう」的な自己紹介を受けたことがありますが、あまり気持ちのよいものではありませんでした。

そうはいっても、私も必要に応じて、自覚的にそれをすることがあります。

例えば相手がこちらを見下してまともに話を聞いてもらえそうにない場合、状況を変えるためにあえて自分に権威性を持たせるような話し方をすることがあります。ただし、見下される状況を打破するのが重要であり、相手を見下す必要はありませんから、相手がこちらの存在を認めた時点でマウンティングは取りやめて、謙虚に良い対話ができるトークに切り替えます。

ただし、それはマウンティングというより、相手との関係性を自分の不利にならないようコントロールするためのもので、意識的に行なっています。気づかずにやっているマウンティングとは質が違うと考えています。

本書で伝えたい自己紹介は、目的がきちんと吟味された自己紹介。その目的が適切かどうかは、十分に吟味されなければならないと思っています。

自己紹介が照らし出す「過去」と「未来」

自己紹介を通して自分に向き合うようになると、自分のやりたいことや、得意不得意、好き嫌いなど、「自分のこと」がよく理解できるようになります。

目的に沿って魅力的な自己紹介ができるようになるのはもちろんのこと、自分が活躍しやすい場所を見つけたり、自分にとってのチャンスを逃しにくくなったりするので、夢ややりたいことを実現しやすくなります。

つまり、自己紹介には**自分が望む「未来」をたぐり寄せ、つくり上げていく力**がありますう。読者のみなさんも、未来創造としての自己紹介はなんとなく体感として理解できるのではないかと思います。

実はもう一つ、自己紹介をする人が、自己紹介を考える過程で必ず行なっていることがあります。

それは「過去」に意味づけし、「過去」を決めることです。

この**「過去への意味づけ」こそが、自己紹介がその人の人生にもたらす大きなギフト**ではないかと思っています。

過去は変えられる！

「過去は変えられないから、未来を変えろ」と聞いたことがあるでしょうか。過ぎ去ってしまった過去は変えられないけれど、まだ訪れていない未来なら変えられる。だから過去にとらわれずに前を向いて進もう――という考え方です。

しかし、「過去は変えられる」と私は思っています。

客観的な事実は変えられなくても、過去が放つ光の色合いや、過去から受け取るメッセージ、過去の重みや手触り感などは変えることができます。

それを可能にするのが、過去への意味づけです。

たとえ「価値がない」「意味がない」と思っていた過去でも、起きたこと、あるいは起きなかったことには、自分にとって何らかの意味があるはずなのです。

それらを丁寧に吟味して、「自分にとっての意味」を見つけることができれば、過去は新たな輝きを放ち始めるでしょう。

例えば、過去10年間をふり返って、「死ぬ気で働いた」という人もいれば、「体調不良で休みがちだった」という人もいるかもしれません。この場合、前者がよくて、後者が悪いという話ではありません。

毎日必死で働いた人でも、「やりたい仕事ができたわけではないから、結局は意味のない10年だった」と否定的にとらえれば、その10年は価値がなかったことになります。

一方、体調不良で休みがちだった人でも、「あの10年間があったおかげで、今の活動につながっている」と前向きにとらえれば、その10年には価値があったことになります。

たとえ同じ時間を過ごしたとしても、人によって時間の厚みが違って感じられるのは、**自分の過去にどれだけ丁寧に意味づけをしてきたか**によります。

このように、自己紹介を考え練習することは、過去の価値を自分で決める絶好の機会になります。

既に客観的な事実として積み上がっている過去を、もう一度丁寧に意味づけし直し、未来に向かっていくためのエネルギーに変えることができるのです。

過去を大切にできる人が、未来を大切にできるのだと思います。過去を愛しているから、未来を愛せるのかもしれません。過去を憎んでいるから、そのエネルギーを未来にぶつけられるのかもしれません。

「意味がなかった」ことにしていないか

そこで必要なのが、過去を見る眼鏡の解像度を上げることです。

例えば、希望する仕事に就けなかった人でも、その10年間のすべてが「意味がなかった」わけではないはずです。

自分の〝黒歴史〟は隠してなかったことにしたくなるものですが、その間もすべてが真っ黒だったわけではないでしょう。時には助けてくれる人や、愚痴を聞いてくれる人がいたりして、仲間の存在に感謝することが、瞬間的にでもあったかもしれません。あるいは、その仕事を経験したからこそ身につけることができたスキルやノウハウもあったかもしれません。

それらの事実をなかったことにして、必要以上に「意味がなかった」ことにしてしまう人が多い気がするのです。

「本当は意味があった」ことを丁寧に拾い上げて、「あの出来事は意味があった」と言えるようになるのが、自己紹介に取り組む大きな意義だと思います。

もちろん、過去に向き合うのは勇気が要りますし、ちょっと苦しい作業だったりするかもしれません。

しかし、過去に自分なりの意味づけを行ない、過去を味方につけることができれば、未来に向かう勇気やエネルギーも湧いてきます。また、自分の人生が実はこんなにも豊かで、厚みのあるものだったと気づくことができるのです。

と思っています。

誰もが物語の主人公

過去を丁寧に意味づけられれば、どんな人の人生も「物語」としてとらえられる

私が好きな物語の一つに、漫画の『ONE PIECE』があります。主人公のルフィがクロコダイルに2回負けて、3回目でようやくクロコダイルを倒すという流れがあります。

2回負けたことには意味がなかったのかというと、そうではないと思うのです。2回の敗北があったから、3回目の逆転勝利で感動が生まれた、ととらえることもできますよね。

「バトル漫画で〝敗北〟を描く意味はあるのか」と聞かれれば、私は「ある」と答えます。

最初から勝っていればテンポよく話が進むのかもしれませんが、そういった功利

「ん？」

「インベントリに入れてもらってるモンスター肉と素材を出してほしいの」

「集落のみなさんとで分け合うんですよ」

そうか。二人はみんなのために、狩りに出ていたんだな。

別のテントに行って肉と素材を全て出す。切り分け作業は、他の人がやってくれるらしい。

それから戻って、しばらくうたた寝をして過ごした。

夕方前に起きて、少し集落の中を案内してもらう。

「周りをぐるっと、高い崖に囲まれているんだな」

「渓谷はまだ奥まで続いていますが、ほら、あそこから水が出ているでしょう？　山の上の方で降った雨が、地中を通って流れ出ているんです」

ルーシェが指さしたのは崖だ。そこからちょろちょろと水が流れ落ちているのが見える。

「私たちが幼い頃は、もう少し流れる水の量も多かったんだけどね」

「集落の人口が少ないから、なんとかなっていますが」

そう話すルーシェの表情は、決して明るくはない。

確かにあの水の量じゃ、少ないな。

次に案内された畑の土は乾いているし、栽培している野菜は今にも枯れそうだ。

水不足は深刻そうだ。そのせいで土地も痩せてしまって、作物もロクに育たないのだろう。

二人を、いや集落の人たちを見ればわかる。

水だけじゃなく、食料不足も深刻だってことが。

でなければ、こんなに痩せてはいないだろう。

「よぉし。今夜はカレーパーティーだ！　みんなに腹いっぱい食べてもらうぞ‼」

「かれー？」

「そのために準備をしなきゃな。タマネギ、ニンジン、ジャガイモと」

カボチャを素揚げして入れるのもいいな。

「あの、お手伝いできることがあれば何でも言ってください」

「わ、私も……や、野菜を洗うぐらいなら、手伝えるわよ」

洗うぐらい？

するとルーシェが側に来て小さな声で、

「シェリルちゃんはお料理が苦手なんです」

――と。

「代わりにお掃除やお裁縫は、凄く上手なんです。私はその二つが苦手で」

双子でそれぞれ得意不得意がわかれているんだな。

「それじゃ、まずは調味料の木を成長させよう」

カレーに必要なスパイスを実らせるためだ。

クミンは既にあるから、あとはコリアンダーとターメリックだ。

種を二つ成長させて、スパイスもゲット。

あとは野菜と、水。

肉じゃがを作る際に、水の木も成長させてある。

あれから数時間。水場の近くに植えたせいか、見事な瓢箪が二つ実っていた。

「材料は揃った。さぁ、作るぞ」

材料を焦がさないように炒め、スパイスと水を加えて煮込む。

それだけだ。

さすがにこれだけじゃ物足りないから、もう一品作るか。

完成する頃には辺りは薄暗くなっていた。

事前にシェリルがみんなに声をかけてくれていたので、ランタンを手に続々と集まってくる。

「なんだかいいニオーイ」

「い、いいのかい。昼間だってあんなご馳走を頂いたっていうのに」

「気にせず食べてよ。せっかく作ったのに遠慮されたら、腐らせてしまうだけだし」

夜は気温が下がるとはいえ、今はまだ暑い。明日の朝には傷んでそうだ。

大人たちは申し訳なさそうにしているが、子供たちは違う。

「んん～、ピリ辛でおいひぃ～」

「ニンジンいっぱいだよママ」

子供たちは遠慮なんてものを知らない。みんな笑顔でカレーを口いっぱいに頬張っていた。

でもそれでいい。

「これがカレーっていうのね」

「お米があればカレーライスになるんだけどね」

お米はないので、小麦粉を使ってナンモドキを焼いた。

その小麦粉も、もちろん種産のものだ。

小麦の木の種——とあったから、ちょっと期待して成長させてみたら案の定だ。

一粒がピンポン玉ほどもある麦が木に垂れ下がり、その麦の中身は小麦粉そのもの。

臼(うす)で挽(ひ)く手間が省けてラッキーだ。

小麦粉があるなら天ぷらもいけるな。肉もいろんな種類があったし、唐揚げも……いかん、
想像してたら涎(よだれ)が出そうだ。

「「ごちそうさまでしたぁ」」

「れしたぁ」

「どういたしまして。辛くなかったか？」

「ううん、へいきぃ」

子供には辛いかなと思ったけど、大丈夫だったようだ。

「もっと辛いものあるもん」

「え、もっと？」

「トマトっていうのと同じ赤色で、とっても辛いんですよ」

「見せてあげるぅー」

ルーシェの話を聞いて頭に浮かんだのは、ハバネロだ。

そして子供たちが自宅テントまで走って取りに行ったものは、案の定ハバネロだった。

こんなもん食っていたら、そりゃあスパイス抑えめにしたカレーなんて辛くもなんともないだろう。

その夜は久しぶりにベッドで寝た。マットは薄いけど、砂の上よりはましだ。

それに、モンスターの襲撃を警戒する必要もない。

いやぁ、ぐっすり眠れたよ。

なんせ両手に触れる柔肌もなかったし、ね。

そして翌朝──。

「さぁて、がっつり育っていただきますか。〈成長促進〉」

ツリーハウスの種を、ルーシェとシェリルのテントの傍に植えて成長させた。

お、最初のヤツより大きく育ったな。

中はなんと二階建て！

「吹き抜けか。いいな」

幹の太さも最初のよりだいぶ太かった。当然、部屋も広くなっている。ひとりで暮らすには十分過ぎる広さだ。

「どう？」

「砂漠にあった家より、広いですねぇ」

一階から二人の声が聞こえたと思ったら、子供たちの歓声に変わる。

「うぉぉー、すっげぇ」

「お野菜のお家ぃ？」

「バーカ。これはなぁ、木っていうんだぞ」

「ダメですよ！　ここはユタカさんのお家なんですから、靴のまま上がってはいけませんっ」

下を覗き込むと、土足で入ろうとする子供たちを、ルーシェとシェリルが必死に阻止しようとしていた。

子供たちは木を知らないのか。確かに集落には木なんて一本も生えていないし、山を見上げてもそれらしいものは何も見えないもんな。

珍しいものに興味を持つのは仕方がない。

「兄ちゃんの家、いいなぁ」

「ミルもこんなお家がいいぃ」

「俺も！」

「ボクもぉ」

まぁ……こうなるよなぁ。

そのうち「ここは俺のだ」とか「ボクの！」とか「あたしのぉ」とか喧嘩を始める始末。

いや待とうな。ここはお兄ちゃんの家だからな。

「こらっお前たち！　ここはユタカお兄ちゃんの家だろうっ」

「「えぇぇーっ」」

なんで「えぇー」なの？

オーリが来て子供たちを叱る。

ユタカお兄ちゃんの物を盗ったら、お兄ちゃんが困るだろうと言って。

うん、凄く困ります。

ここでオーリがもう一度怒鳴ると、子供たちが一斉に泣き出した。

「ごめんなさい、ユタカさん。私が子供たちを中に入れてしまったせいで」

「いや、親であるわたしの責任だよルーシェ。本当に悪かったね、ユタカくん」

「泣いたってこの家はユタカのなの。それともあんたたち、ユタカお兄ちゃんに外で寝ろってていうの？」

「ちがぁもん」

「じゃあ泣いていないで、お家をお兄ちゃんに返しなさい」

シェリルが厳しい口調でそう言うと、子供たちはしゅんとなってツリーハウスから出て行く。

あぁあ。ハウスの中が砂だらけだ。

けど、子供たちにとってツリーハウスは、よっぽど魅力的だったんだろうな。

「オーリ。ツリーハウスの種は残り八粒あるんだ。ひとり一軒は無理だけど、各家庭に一軒なら用意できるよ」

「よ、用意って……スキルのことは昨日ざっくり聞いたが、大丈夫なのか？　無理して倒れられたら大変だ」

「うぅん。スキルを手に入れたのがそもそも最近のことで、それまでスキルなんて使ったこともなかったからわからないんだよね」

「確かに突然バタっといかれても困るわね」

「そうですね。私たちがいる時ならいいですが、ひとりの時だと命に関わりますし」

だよなぁ。

「魔力の消費量は、自然成長に必要な時間が長いほど、消費量も増えるみたいなんだよね」

野菜を種から成長させた時と、杉の木を成長させた時じゃ抜けていく何か——たぶん魔力だけど、これが全然違う。

野菜は収穫できるようになるまでと考えてスキルを使っているが、三、四カ月分をスキルで成長させていたはずだ。

　杉は目印にする必要もあったし、十年成長させた。数カ月と十年とでは、かなり違うもんな。

「となると、この家は木だ。結構な年数分を一気に成長させているだろう？」

「えぇ、たぶん。樹齢はまったくわからないけどね」

「そうか。子供の頃住んでいた村にも、枯れかけの木が何本かあった。あんなのでも、十年以上は生えていたらしいからね。それよりも立派なこの家は、数十年になるのかもしれない」

　どのくらいスキルで成長させたら、俺の魔力って切れるんだろう。

　確かめたいけど、どうやればいいのか。

「とにかく今日はやめておいた方がいい。ま、まぁ、この家は、うん、いい家だけどね」

　とオーリが照れくさそうに言う。

　つまり……。

「じゃ、順にみんなの家の横に一本ずつ成長させるよ」

「ん……ん……ありがとう。いやぁ、中は快適そうだね。あぁ、そうだ。子供たちが汚してしまったから、掃除をしないとな。うん」

「もう、オーリってば嬉しそう」

「ふふふ。でも本当にステキなお家ですものね」

「もちろん、二人の分も成長させるから」

そう言うと、ルーシェもシェリルも大喜びでぴょんぴょんと跳ねた。

「あ、でも、先に調べた方がいいのでは？」

「え、何を？」

「何年分成長させると、ユタカさんの魔力が枯渇するのかを」

とはいえ、どうやって調べたものか。

「そうだ。ボンズサボテンを成長させるのはどうだ？　ボンズサボテンは種から育てると、最初に花を咲かせるのは十年後。そこからは五年周期で花を咲かせるからね」

「あ、いいですね。花を咲かせる回数を数えれば、何年成長させたかわかりますし」

「それでユタカがどのくらいで疲れるのか見ればいいのね。うん、いいんじゃない」

五年に一度花を咲かせるサボテンか。

うん。確かにそれだと花の開花を数えるだけで、何年成長させたかわかる。

サボテンでの検証は明日。

今夜ゆっくり休んで、魔力をリセットしてからだ。

そして夜は天ぷら大会に。

まぁ手持ちの野菜だと、タマネギ、ニンジン、ナス、カボチャぐらいか。あぁ、ジャガイモでポテトフライもいけるな。天ぷらじゃないけど。

オイルの木にはサラダ油、オリーブオイル、ごま油が実る。オリーブの実じゃなくて、オリーブオイルだ。しかも、それぞれ種まで採れた。

おかげで油に困ることもなさそうだ。

それと――。

「んまっ。この黄色いつぶつぶ、甘くて美味しい」

「甘～い。兄ちゃん、これ何ていうの？」

「トウモロコシっていうんだ。美味しいだけじゃなく、栄養も豊富なんだぞ」

「「おぉ～」」

トウモロコシは乾燥させて、全部種にしておいた。

落ち着いたら他の野菜の木も育てたい。

日が暮れる前にオーリや他の大人たちが手伝ってくれて、ツリーハウスにベッドが運ばれた。

今はベッドだけ。十分だ。

木材の心配もないし、少しずつ作って揃えていこう。

インベントリを眺めながら、いつの間にか追加された機能を確認する。

インベントリにいっぱい物を詰め込んでいたし、それで追加されたのかな？

「アイテムが種類ごとに振り分けられるようになってるな。種、食材、素材、その他。水の入った瓢箪は食材の中なのに、空のヤツはその他なのか」

タブのようになっているから、取り出したいものが見つけやすくなった。

それと中に入れてある物のアイコンに触れると、説明書きが表示されるようにもなった。

鑑定スキル機能付きか。いいねぇ。

「水の木ってやっぱり根から吸収した水を、瓢箪に溜めてたのか。ん？　百メートル⁉」

砂漠のような水の少ない場所だと、根を深いところまで伸ばし、その長さは百メートルにもなる……なんて書いてある。ひえぇ。

ツリーハウスや○○の木シリーズは、古(いにしえ)の植物だと書いてあるな。今では絶滅していて、決して見ることはない――と。

なんでそんなものが、俺のインベントリに入っていたんだよ。

くぅ……インベントリの文字を見てたら、眠たくなってきた。

今日はもう休もう。

そして翌朝――。

「これがボンズの種だ。で、あれが成長したボンズだ」

「ウチワサボテンだっけか、それに似ているな」

真ん中に一本太い幹のようなのがあって、そこから枝の代わりに平らな楕円形の葉が連なって生えている。

平らといっても、厚みは二センチほど。俺が知ってるウチワサボテンより棘(とげ)は少なそうだ。

「じゃ、成長させるよ」

「ゆっくりとかできますか？　お花が咲く回数を数えたいので」

「それなら、花が咲くまで成長させて、それからまた次の花が咲くまでってやってみるよ」

いつものように種を芽吹かせてから地面に植える。

そこから再び成長させ、まずは一回目の花を咲かせた。

最初は十年。次から五年ごとだったな。

こうして成長させては花を咲かせ、また成長させて花を咲かせ――。

その度にサボテンも大きく伸びて、時々触れる場所を変えながら成長させていった。

「サボテンの寿命は八十年ぐらいだと聞いた。花を九回咲かせたら別の種を成長させよう」

「九回――ってことは五十年？」

「それを過ぎると食用に向かなくなるんだよ」

「あぁ、なるほ……ん？」

食用……これ食べるのか⁉

つまりこれは、検証をしつつ食料を育てているってわけだ。

六つ目の種を成長させて三回花が咲いたあたりで、軽い眩暈を起こした。

俺が安全に成長させられるのは、二七〇年ぐらいってとこか。

野菜ならめちゃくちゃたくさん成長させられるな。

ただ、ツリーハウスが樹齢何年ぐらいでこの大きさに成長するのかがわからない。

ツリーハウスに戻ってごろんと寝転んで、そんな話をした。

「そうよねぇ……」

「何歳なんですかねぇ、このお家」

眩暈を起こすまでスキルを使った後は、体がだるく感じる。

この状態でスキルを何回か使うと、気絶するらしい。

右にはルーシェが、左にはシェリルが同じくごろ寝中。

なんか慣れてきたな、この並びにも。

「うぅ、やっぱり木の床に寝転ぶのは、体が痛くなるな」

「あんた、ベッドで寝てなさいよ」

「そうです。お昼は私が作りますので、ゆっくりお休みください」

「了解でありまーす」

立ち上がって二階に上がろうとして、ふと足元の木目に目がいった。

綺麗に浮かんでいるよなぁ、もく……。

「これだ！」

「ひゃっ」

「ど、どうしましたか？」

「床のこの木目、木の年輪だっ」

「ねんりん？」

これを数えれば、ある程度樹齢がわかるんじゃないか。

真ん中から数え始めると、二人も同じように年輪を数えだした。

「百ぐらい」

「私は一〇七でした」

「一〇二よ」

「ざっくり百年ぐらいか。こんなに大きいのに、百年でこの大きさって、結構成長が早いみたいだな。しかもまだ大きくなりそうだし」

一日二軒のツリーハウスを成長させられるが、食料のことも考えたら一本に留めておいた方がよさそうだ。

「あ……」

「ど、どうしたのっ」

「ユタカさん？」

じぃーっと床を見て年輪を数えていたからか、ちょっと目が回る。

倦怠感が出ているうえに目を回したから、余計にどっと疲れた感じだ。

「……寝てなさい」

「寝てください」

「はい。了解であります」

二階に上がってベッドで横になる。

ベッドのマット、もう少ーし厚みがあったらなぁ。まぁ贅沢(ぜいたく)は言えないけど。

マットの中身……中身……やっぱり、綿(わた)かな？

綿……そうだ！

「インベントリ・オープン」

種、種……あったぞ、綿の木！

たぶんこれ、綿花のことだよな。

これをたくさん成長させれば、マットを分厚くすることができるだろうか。

それに綿があれば、糸や布だって作れるはず。その技術も知識も、俺にはないけれど。

ひと休みしたら二人に聞いてみるか。

「綿の種があるの!?」
昼食に呼ばれて目を覚ますと、さっそく綿のことを話してみた。
「集落でも綿を栽培していたりするのか？」

「いえ。よその集落で栽培されているんです」

「物々交換で綿を貰うの。でも去年は収穫量が減ったからって、交換してもらえなかったのよ」

そうか。他の集落とは物々交換で交流しているのか。

「ならツリーハウスの方が落ち着いたら、次は綿花だな」

そう言うと、二人は嬉しそうに顔を見合わせた。

「ユタカさんは何か欲しいものありますか？　綿の生地で」

「あ、生地っていうか……マットの補強がしたいなと思って」

「やってあげる。だからその……」

二人はもじもじして、なかなか先を言い出せない。

物々交換、か。

「じゃ、マットはお願いするよ。代わりに綿、全部やるからさ」

「いいの!?」

「本当ですか！」

「うん。だって俺さ……綿の加工の仕方とかまったく知らないし……」

「あ……そういうこと、ね」

「よければ俺の着替えも、お願いできないかな？」

「もちろんよ。私があんたの服も縫ってあげる」

俺は成長させるだけで、あとは二人に任せよう。

「はい、お待たせしましたぁ」

「塩を少しつけながら食べるのよ」

「おぉ、これがサボテンステーキか」

肉厚なボンズの葉っぱは、一枚でLサイズのピザの大きさに匹敵する。

その葉は今頃、他の家でもサボテンステーキとして食卓に出ているんだろう。

「白い、んだな」

「皮は硬いですし、凄く苦いので火で焙ってから剥ぐんです」

「生だと半透明の果肉なんだけど、熱を通すとこんな風に白くなるのよ」

「へぇ。初体験だし、最初のひと口はそのまま食べてみよう」

ひと切れボンズサボテンをフォークに刺して食べてみる。

ん……んー……。

「歯ごたえはいいね。シャクシャクとしてて」

「でしょ」

「でも味はあまりないんですよね。だからお塩をつけるんです」

まったく味がしないわけじゃない。でもどんな味かっていうと、答えられないほど薄味だ。

なーんかに似てるなぁ。なんだろう？

んー……あ、そうだ。山芋。あれに似ている。

ってことはもしかして。

インベントリを開いて、ある実を取り出した。

楕円形のぷにぷにしたしょうゆの実！

「ルーシェ、これお願い」

「しょーゆの実ですか？　温めればいいんですよね」

しょうゆの実は硬めのゼリーに近い。

熱を通すととろりと溶けて液体になる。

それに気づいたのはこの二人。

俺だけだったら、しょうゆをゼリーのまま使っていたな。

溶けたしょうゆにポンズサボテンを少ーしだけつけて食べる。

「んっ。やっぱり合う！　二人とも、食べてみて」

「んー……んっ。ほんとだわ、塩で食べるよりも美味しい」

「このしょーゆ、本当に何でも合いますね。ポンズがこんなに美味しくなるなんて」

「そうだ。しょうゆの実はまだあるから、他の家にも配ってやろう。使い方も説明して」

つける量はほんの少しでいい。一家に二粒もあれば十分だろう。

しょうゆの実をテーブルの上に出すと、それを二人が小さなカゴに入れて――。

「私たちが行きます」

「あんたは大人しく座って食べてなさい」

「お疲れなんですから」

と言われて、従うしかなかった。

……ひとりでご飯……寂しい。

ん？

なんで寂しいなんて思うんだ。今までだってひとりだったじゃないか。

両親がいなくなってから、ずっと。

こっちに来て二人に出会ってからは、三人で飯食ってたもんな。

昨日一昨日は大人数で、まるでパーティーのような食事会だったし。

異世界に来てまだ数日なのに、誰かと食事をすることに慣れてしまったなんてなぁ。

◇◆

「にーかいっ、にーかいっ」

「ちっちゃいお部屋ぁ」

サボテンでの検証をした翌日から、ツリーハウスの成長に取りかかった。

木の家ができる——となると子供たちは大はしゃぎだ。

大人たちが「一日一本だ」「二本成長させたらお兄ちゃんが死んでしまう」と大袈裟に言ったことで子供たちは納得。

そうなると今度は順番で揉め始めたが、そこは俺があみだクジを作って決めた。

そして最初の一件目は四人家族のダッツさん宅。

十一歳と五歳の兄妹がいる。

二階は成長させれば自動的にでき上がるけど、小さい部屋はどうかなぁ。

「〈成長促進〉」

芽吹かせて、植えて、また成長させる時、子供たちが俺の肩に手を置いた。

「二階ができますように」

「ちっちゃいお部屋くだしゃい」

なるほど、願掛けか。

俺んちが百年弱だったから、もう少し大きくするために樹齢一三〇年でいこう。

ぐんぐんと伸びたツリーハウスは、マイツリーハウスより少し大きく育った。

「さぁて、ちゃんと小さい部屋と二階はできたかなぁ」

「「できたかなぁ」」

ダッツさんとこの兄妹だけじゃなく、他の子たちも我先にと入っていく。

「こらっ。入口で靴を脱ぎなさいっ」

「足も拭きなさぁーい！」

ダッツさん夫妻は大変だ。新居を汚されそうになっているんだから。

「俺たちも入ろうか。まぁ俺んちと同じだろうけどさ」

「でもワクワクしますね。こういうのって」

「木のニオイ、凄くいいわよねぇ」

中に入ってみて絶句した。

「なんで家の中に滑り台があるんだよ！」

二階へと上る階段横には、滑り台がある。子供たちは大はしゃぎだ。

更に吹き抜けから見える、三階らしきスペース。

ロフトか！　しかもそのロフトに上がる梯子(はしご)と、蔓で編まれたネットまである。

ちょっとしたアスレチックだなこりゃ。

ロフトには転落防止の柵もある。いたれりつくせりじゃないか。

「ユタカお兄ちゃん、ちっちゃいお部屋あったぁ」

「え、あった⁉」

ミルちゃんが壁から顔を出している。

壁の一部が内側に向かって膨らんで、その中が小さな部屋になっているのか。

「お兄ちゃん、どうじょ」

「おじゃましまぁす。あぁ、兄ちゃんだと立ったまま入れないなぁ」

天井の高さは一五〇センチもない。まぁ子供なら十分な高さだ。

広さにしても縦横一メートルほどしかない。

でも、秘密基地っぽくていいな。

「お兄ちゃん、ありがとう。ミルのお家作ってくれて」

「どういたしまして。でもお兄ちゃんひとりだと、こんな形にはならなかったなぁ」

きっと子供たちの願いも、スキルに上乗せされたんだろう。

その日から一日に一軒ずつツリーハウスを成長させ、六日目には双子の姉妹の家を——と思ったのだけれど。

「本当にいらないのか？」

自分たちのツリーハウスは必要ないという。どうしてだ？

「あ、あのさ……あんたひとりじゃない」

「ん？」

「それで、その……ユタカさんさえよければ、居候させていただけないかと思いまして」

「いそう、ろう……えぇ!?　お、俺と一緒に、その、住むってこと？」

二人が頷く。

いや、待って待って。どうしてそうなるんだ。

「ひとりは、寂しいですよ」

「え……」

「そ、それに、中型モンスターより大きいのは入ってこれないけど、小型の奴とかは時々来るのよっ。でもそれって私たちにとっては、貴重な食料でもあるから。あ、あんたにミイラにされたら困るのっ。だから……守ってやるってこと！」

「年に一回あるかどうかですけどね。ふふ」

「あ、あんたは砂漠に不慣れなんだからっ。だ、だから慣れてる私たちが、面倒見てあげるって言ってんの」

二人は俺のことを気にかけてくれてて、それで一緒に暮らそうって言ってくれたのか。

ひとりは寂しい。

そうかもしれない。

両親がいなくなってから、ずっと考えないようにしていたことだけど。

やっぱし、寂しかった。

「じゃ……もう少し、成長させないとな」

そして我が家にも、ロフトができました。

嬉しいような恥ずかしいような。

二階は二人の寝室に。ロフトは二階より更に狭いから俺の寝室として使うことになった。

異世界砂漠ライフ、なかなかに順調だ。

明日はようやく綿の成長に取りかかれる。


「いっぱい実ったわね」

「ほんと、たくさん実りましたね」

「「綿」」

ルーシェとシェリルの二人が、嬉しそうに綿を見上げる。……

おかしい。俺が知っている綿と少し違う。

見上げるほど高い木に、真っ白な綿が咲いている。

木に生っているのもおかしいけど、その大きさもおかしい。

バレーボールに見間違うほどの大きさだ。

そういやインベントリには『綿の木』って書いてあったな。

木……そういうことね。

二人の様子からすると、これが普通サイズっぽいな。

「まぁ、いっぱい生ったわねぇ」

「ユタカくんが成長させたものは、どれも立派だわぁ」

ご近所の奥様方も集まって、みんなで綿の収穫に取りかかった。

俺の仕事はここまで。

あとは任せてオーリたちの手伝いに行こう。

「手伝いに来たよ」

「お、来た来た。こっちの準備もできているよ」

「いやぁ、荷物を何も持たなくていいってのは、助かるなぁ」

「いくらでもコキ使ってよ。どんなに入れても、まったく重くないからさ」

これから岩塩を採掘しに行く。採掘場はすぐ近くにあるんだとか。

「岩塩が採れるってことは、ここは昔、海だったってことか」

「言い伝えではね、大昔の神々の戦いの時に隆起した大地だっていわれているんだ」

神々、か。

スキルがあってモンスターがいる世界なら、神様も実在するんだろうな。

ピッケルやカゴ、それから水の入った瓢箪と食料をインベントリに入れ、俺たちは出発した。

しかし、山を登るって言ってたけど……これは……。

「崖……」

「あぁ、ここを登るんだ。ほら、あそこに足場があるだろう」

「足場……あれ足場っていうの⁉」

ほぼ垂直に近い崖。

その崖からサルノコシカケみたいなキノコが生えていた。

もちろん、デカい。人が二、三人座れそうなサイズだ。

そのキノコからロープが垂れ下がっている。

いやぁーな予感しかしないな。

「こいつで登るんだ」

オーリが笑顔でロープを掴んだ。

マジか。

「なぁに、心配しなくてもあのキノコは頑丈だ。二、三人乗ってもビクともしないよ」

「やっぱりキノコなんだ」

「そう。硬いから食用にはできないがね」

キノコ……成長できるんじゃないか？

何でも試してみればいい。

まずは足場のキノコに登ってスキルを使う。胞子ができるまで、と指定して。

その胞子を手に付け、崖に擦りつけるようにしてスキルを発動。

岩肌にがっつり食い込むようにして成長したキノコは、直径一メートルはある。

そのキノコの胞子をまた手に付け、少しずらした位置で成長させた。

それを繰り返していく。

「ほぉ、キノコの階段か」

「試しにやってみたけど、なかなかいいでしょ？」

「これは上り下りが楽になるな。ありがたい」

キノコの成長を繰り返し、ついに崖を登りきった。

開けた場所があって、その先はまた崖だ。その崖に穴が見える。

「もしかしてあの穴？」

「そうそう。俺たちの親の代からの採掘場なんだ」

入り口は狭いけど、中は数人入っても余裕のある大きさになっている。

というか岩塩を掘ることで広くなっていったんだろうな。

ピッケルで壁を砕けば、それが岩塩だ。

ザックザクじゃん。

持ってきたカゴは二つ。インベントリがあるんだから、カゴに入りきらない分はそのまま放り込む。後で取り出すとき面倒だけどな。

普段は崖を登るのに時間がかかるし、帰りはカゴを背負って下りなければならない。

丸一日かかる作業らしいけど、今日は半日もかからなかった。

「ただいまー。岩塩いっぱい採ってきた――あれ、どうしたんだ二人とも」

帰宅すると、二人がテーブルに突っ伏していた。

「あ、おかえりなさいユタカさん」

「早かったわね」

「あーうん。崖にキノコの階段を作ったんだ。それで上り下りが早くなってね」

「キノコで階段？　よくそんなこと思いつくわね」

「できることは何だってやらないとな。で、そっちはどうしたんだよ」

そう聞くと、二人は大きなため息を吐いた。

「ユタカさん、すみません。せっかく綿を育ててもらったのに」

「ま、まぁベッドの補強には使えるわよ」

「ん？　どういうことだ」

「実は……綿を紡ぐための道具が……」

道具が？

「もう何十年も使ってたヤツなのよ」

「あぁ、もしかして壊れてたとか？」

二人が同時に頷く。

「集落に一つしかなくて」

「手作業でもできるけど、凄く時間がかかるのよ」

「ダッツおじさんに修理をお願いしたのですが、材料がなくて」

二人の様子から、かなり酷く壊れたみたいだな。

「木材がないから、どうにもならないのよ」

「そういや、ここで使ってる木製の物って、どうやって手に入れたんだい？」

「あ、それは行商人さんとの物々交換です」

「でも故郷の村にしか来ないのよ。各集落を回ってたら、それだけで数カ月かかるから」

しかもいつ来るかわからない行商人相手だから、事前に村の方へ物々交換できる物を渡しておかなきゃならないらしい。

なるほど。外から仕入れていたのか。

「木材、あればいいんだよな？」

それならお安い御用だ。

翌日、樫の木を数本成長させた。

ガタついてる椅子やテーブルもあるし、どうせなら新品が欲しい。

そう話すとダッツが、手伝うから自分たちの分の木材も用意してほしいと言ってきた。

もちろん、快く承諾。これも物々交換のようなものだ。

「よぉし、それじゃあ作るか。みんなも手伝ってくれ」

ダッツさんの号令に、みんなが元気よく返事をした。

まずは、糸紡ぎ機だ。

さすがに一日で完成するような代物じゃないが、三日後には完成。

そして俺のベッドマットも新調された。

そんなある日のこと――。

「ん？　お前だけ収穫されなかったのか」

野菜を収穫し終えた葉っぱや茎は、枯らしてから燃やす。肥料にするためだ。

枯れ具合を確認しに来てみると、青いトマトが一つだけ残っているのを見つけた。

たった一個とはいえ、ここでは貴重な食料だ。無駄にはしたくない。

とはいえ、葉っぱは既に枯れ始めている。こう暑いと植物もすぐ枯れてしまうもんなぁ。そのくせ夜は寒いし、一日の寒暖差が激しいんだよ。

「枯れるのとこいつが赤く熟すのと、どっちが先かなぁ」

せめてトマトの部分だけを成長させられればいいんだけど。

「〈成長促進〉」

トマトだけ成長。

なーんて指示が通るかな？

「お、おお、おおお？　トマト、赤くなったな。だけど葉っぱや茎はそのままだ」

ミニトマトサイズだったし、大きく成長して熟すのに数日はかかるはずだ。その数日で茎も葉っぱも枯れてしまっただろう。

だけど実際は枯れることなく、トマトだけが成長したように見える。

もしかして一部分だけ成長させられたり、できるとか。

「試してみよう。んーっと。よし、あのカボチャで確かめるか」

実ったばかりで、まだ花を頭に付けたカボチャがある。

周りには他のカボチャもいくつかあった。

このカボチャだけを成長と指定してスキルを使用。数秒のうちにカボチャは、立派なサイズに成長した。

周りのカボチャは……さっきと同じサイズのままだ。

「できるのか、部分成長って」

「どうしたの？　あ、カボチャ」

シェリルは成長したカボチャを見て、嬉しそうにする。

カボチャ、甘いもんな。

野菜の木の種はまだある。サツマイモでも出したら、喜ぶだろうな。

「先ほど見た時には、収穫できそうなサイズのものはなかったですが」

「うん。どうやら一部だけをスキルで成長させることができるみたいだから、確認したんだ」

「一部だけですか？」

さっきと同じように、手近なカボチャを一つだけ成長させて見せた。

「な。こいつ以外のカボチャはそのままのサイズだろ」

「本当だわ。一つだけ成長させられるのね」

「いろいろできるのですねぇ」

「触れている実、限定なんだろうか」

わからない時は試してみるのが一番。

葉っぱに触れて、「あのカボチャ」と決めスキルを発動。

おぉ、「あのカボチャ」だけ成長させられたぞ。

「触れているものの一部なら、どこでも自由に成長させられるのか」

「ふぅーん。じゃあ、例えばだけど……心臓とか、脳だけ、とかも？」

「ん？」

「ふふ。試してみればわかりますよね」

いったい何を試すんだろう？

二人に連れられて向かった先は砂漠だ。

「行ったわよユタカ！」

「お、おう！」

脳や心臓だけ成長させて一瞬で倒す。

倒す相手はもちろんモンスターだ。

ここは岩が点々とする彼女らの狩場。

俺は岩陰に隠れ、そこに二人がモンスターを誘導してくる。

横を通り過ぎるモンスターに触れ「心臓だけ寿命を迎えるまで成長！」と叫びながら触れた。

叫ぶのは単に気合を込めてるだけで、深い意味はまったくない。

『ゲウッ』

サイに似たモンスターが一瞬、えずくような声を上げてそのまま岩に激突。

「や、殺ったか？」

「動かないみたいね」

「えぇっと――死んでいますね」

「おおぉ！」

い、いや、喜ぶのはまだ早い。

ただ単に寿命まで成長させただけかもしれないし。

二人が死体をチェックする。

顔はサイに似ているが、大きさは五トントラック並み。そして角は左右に伸びていて、ここだけみると闘牛のようにも見える。

あの角、そして硬い皮膚が素材として使えると二人は言ってたな。

あと肉も美味いって。

「ユタカさん、大成功です！」

「皮膚の張りは残ったままだし、肉にも弾力があるわ」

「素材もお肉も、無事ですよ」

「本当か！　やった、これで――」

ん？

これで？

「これであんたも、狩りで役に立つわね」

「ふふ。戦力増強ですの」

そう、なりますよねぇー。

はぁ……こりゃ体を鍛えた方がよさそうだ。

その後もモンスターを数匹狩ってお肉をゲット。モンスター肉、意外と美味いんだよなぁ。

集落に戻ってから、タオルを持って水場へと向かう。

少し高い位置から流れる水は、下の岩の窪(くぼ)みに溜まっている。けどほとんどは漏れて地面にしみ込むだけ。

なんかもったいないな。大きな水受けの容器でもあればいいんだけど。

いや、ないなら作ればいいんじゃないか？　材料ならいくらでも用意できるのだし。

ってことで、さっそくダッツにお願いしてみた。

「大きな桶か。やってみよう」

俺も手伝って桶が完成。桶というか、こりゃ樽だな。

水が出ている穴の真下に縦割りした竹を差し込む。こうすれば無駄に零すことなく、水を樽の中へと流せるだろう。

「こんな大きな桶は、初めて作ったよ。おかげで何度か失敗したけれどね」

そう言いながらも、ダッツは満足気だった。

大きな桶――樽の直径は一五〇センチぐらいあって、深さは一メートルほど。

それにしてもこの樽、風呂に見えてくるな。

「風呂……入りたい」

「ふろ？　ユタカさん、何ですかそれ」

「あー……お湯をたくさん溜めた、これみたいなヤツ。ほら、桶の水で体拭いてるだろ？　そうじゃなくって、お湯を張った大きな桶の中に入って温まるんだ」

「桶の中に入るのですか!?　あ、でもこのぐらい大きなサイズなんですよね」

「うん。丸くなくてもいいんだ。四角でもさ」

ここでは風呂に入る習慣がない。

というか、そこまでの水がないから仕方ないんだけどさ。

落ちてくる水の量から考えると、一日かけてもこの樽一杯分だろう。

飲み水、料理に使う水は、絶対に欠かせない。

洗濯、畑に撒く水、体を拭くための水。ここを節約するしかない。

もっとも、俺がここに来てからは水の木のこともあって、数日に一回だった体拭きも毎日できるようになったらしい。

樽に水を溜めることで零すことがなくなれば、少しは水が余らないだろうか。

いや、少量の水しか畑に撒けてなかったし、余った分はそっちに回すべきなんだろうな。

でも風呂……入りたいな。

水の木を増やすかなぁ。でもいつ枯れるかわからない。

俺のスキルで野菜はどうにでもできるんだし、畑に水を撒くのをやめるか？

ただなぁ、そうなると俺がいなくなった途端に、野菜が手に入らなくなってしまう。

俺だっていつかは寿命で死ぬんだ。その先のことも考えると、土壌の改善は絶対に必要だ。

畑に撒く分の水も減らせない。むしろ増やさなきゃいけないのに。

「水、もう少し湧き出てくれればいいんだけどなぁ」

「俺たちがこの地に来た頃は、今よりもう少し水の量は多かったんだけどなぁ」

ダッツが両親とここへ来たのは、十歳の頃らしい。

岩塩がある。水もある。そして渓谷の底というのもあって、日陰になっている時間も長い。

それでこの地で集落を作ることを決めたんだとか。

「ここに定住するようになって二、三年経った頃だったか、大きな嵐が来てね。まぁここは地形のこともあって、風の被害はなかったのだが……それからさ、水の出が悪くなったのは」

「上の方の水脈が塞がったとか、何かあったのかな」

「かもしれない。ただ水脈がどこにあるのか、わからないからね」

地下を流れているのなら、探しようがないもんな。

やっぱり風呂を諦めるしかないのか。

水受けミッションをクリアした後は、火のミッションが発生した。

「石炭を採りに？」

「『せきたん？』」

「ごめん。燃える石と聞いて思い浮かんだのが、石炭ってヤツなんだ」

晩飯の時、二人が『燃える石』を採りに行くと伝えてきた。

見た目は黒い泥団子。

燃えるから石炭なのかなと思うけど、俺も実物を見たことがあるわけじゃないしな。

でも燃える石って聞くと、やっぱり石炭を連想するよなぁ。

集落では火を起こす時、この燃える石を使う。

「山を登って、少し西に行った所なのよ」

「片道二日はかかります」

「結構遠いな。石拾いは二人の担当？」

「いえ、交代で行っているのですが、その……」

「あんたの収納魔法をね、その……借りたいのよ」

なるほど。

一度に持って帰る量に限界もあるし、何より重たい。

でも俺のインベントリなら大量に入るから、何カ月分でも持って帰れるだろう。

「いいよ。一緒に行く」

「本当ですか！　よかったぁ」

「なら私たち三人で十分ね」

集落にだって常に大人を残しておかなきゃならない。

小さな子供がいるし、ごく稀に小型のモンスターが来ることもあるから。

俺がここに来てから二匹ぐらい姿を現したことがある。

小型といっても大型犬ぐらいのサイズがあるから、子供たちが襲われれば大変だ。

「採掘なら、ピッケルがいるよな。オーリに借りてくるよ」

「え、採掘なんてしないわよ」

ん？

石、だよな？

翌朝、明るくなってからすぐに出発。

キノコの階段を上り、そのついでに胞子を採取。それには二人が編んでくれた綿のタオルを使った。

真っ白なタオルに付着した薄茶色のが胞子だ。

崖を登ったらまた次の崖に登る。

その時に採取した胞子でキノコを成長させていく。

一つ成長させたら斜め上に次のキノコを。それを繰り返して階段を作っていった。

そのおかげか、二日かかると言っていた道のりも、翌日の昼前には到着。

そして理解した。

ピッケルがいらない理由を。

「まさかこれが？」

荒れ地の中に、真っ黒い泥の池があった。

「そ。これが燃える石の材料よ」

「ざい、りょう……」

ってことはまさか、これから石を作るのか⁉

「これを丸めて乾燥させたものが、燃える石になるんですよ」

ルーシェはそう言ってにっこりと笑う。

完全に泥団子ぉぉ！

最初はビー玉サイズで丸めて、その辺に置いておく。

切り立った山を登り、また登り、そして奥へ進んで下り……ここ自体はそう標高は高くない。

だから気温も高いし、ジリジリした太陽は照りつけている。

さすがに炎天下で泥団子作りなんてしてたら暑さで倒れてしまいそうだから、樫の木を一本植えて日陰を作った。

「捗(はかど)るわね」

「そうですねぇ。いつもは泥を桶に入れて、あちらの日陰まで移動してやっていたんです」

「でもそれだと泥をまた取りに戻らなきゃいけないから、それが手間だったのよ」

ルーシェが言う「あちら」とは、大きな岩が見える所だ。

二〇〇メートルぐらい離れているのかな。

まぁ近いといえば近いけど、泥を運ぶと考えるとちょっと遠くもあるな。

「この土、湿り気があるな」

「はい。この辺りの地下は水分を含んでいるかもしれないですね」

表面だけは乾いているので、引っぺがして裏返しにして乾燥させる。

湿っていると火が点(つ)かないんだとか。

引っぺがした下は粘土のような感触で、水分を含んでいるのがわかった。

この下に水でも流れているのだろうか……。

いや、そうだとしても集落まで水を引くのは無理だな。距離があり過ぎる。

「ここで五日間、ひたすら団子作りかぁ」

「つ、疲れたら、休んでてもいいわよ」

「そうですっ。ユタカさんは、石を収納魔法に入れてくれさえすればいいので」

「いやいや、団子作りぐらい手伝うよ。単調作業だから、ちょっと飽きてきたってだけだからさ。二人は飽きない？」

だってひたすら、手でくるくる丸めてるだけだもんなぁ。

疲れるってわけでもなく、ただただ飽きただけ。

「そうね、ずっと捏ねてるだけだもの、飽きるわよそりゃ」

「えぇ～、シェリルちゃんは飽きてたの？　私は全然平気。すっごく楽しいもの」

「「えぇ……」」

「な、何ですか二人して。そんな目で見ないでくださぁい」

そういえばルーシェの泥団子、めっちゃ綺麗な丸だよな。

それに比べて俺とシェリルの団子は、わりと適当。

こんなのが楽しいとはなぁ。

作業は日が暮れる前に終えてテントを張って、それから晩飯の準備をする。

燃える石は使わず、持ってきた薪で火を起こした。

「なぁ、乾燥を早めるなら、夜の間は焚き火の周りに団子を転がしておけばいいんじゃないか？」

「え、でも薪が足りなくならない？」

「大丈夫さ」

インベントリから種を取り出す。

樫の木は樹齢が長いから、薪として燃えやすくするため枯らすのに数百年分成長させなきゃならない。

それが無理なので、使うのは桜の木だ。

ただし、種じゃない。枝だ。

「桜は種じゃなく、枝を植えることで増やせるんだ」

と聞いた気がする。

まぁだからインベントリに枝が入っていたんだろうけど。

「枝で？」

「木の寿命は六、七十年ぐらい。まぁ百年以上生きるのもあるらしいけど」

さっそく成長させる。

ぐんぐん伸びて、何度か開花を繰り返す。その度に花びらが散り、その光景を二人がほぉっと眺めた。

「はぁ……すご、い」

「なんて綺麗なんでしょう」

「この辺りで枝を折っておこう」

ポキポキと枝を折る。試しに地面に植えて、成長させてみた。

お、ちゃんと成長するじゃん。魔力温存のために、こっちは放置。

最初のヤツだけ追加でスキルを使い、幹に亀裂が入ったところで成長は止まった。

「あぁ……」

「綺麗なお花が……」

な、なんでそんな悲しそうな顔するんだよ。薪が必要なんだから、いいじゃん。

…………。

「あぁ、わかったわかった。集落に戻ったら、桜の木植えてやるからっ」

「本当ですか!?」

「やったぁっ」

きゃっきゃとはしゃぐ二人。

花ぐらいで……そう思ったけれど、まぁ、いいかもな。

異世界で花見なんて、うん、いいかもしれない。

日中は団子作りをしつつ乾燥。夜は焚き火で乾燥。

そうして五日目、今日で団子作りも終了だ。

インベントリの中には燃える石が、二五〇〇個とちょっと入っている。

一家で一日に六個から八個使うが、何度か繰り返し使える。

「これで三カ月分ぐらいじゃない？」

「そうですね。たくさん作れました。これでしばらくお団子作りできませんね」

と、ルーシェはやや寂しそうだ。団子作りがそんなに楽しかったのか。

「ま、今日の分、頑張って丸めますかね」

「「はーい」」

明日にはここを出発するから、できるだけ丸めておきたい。

乾いてない分は集落に戻ってから日向に置いておけばいいし。

コロコロコロコロ。

コロコロべちゃべちゃコロコロ。

昨日なんか夢の中でもコロコロしてたなぁ。

そんなことを考えていると、ゴロゴロと岩が転げ落ちてくるような音が聞こえた。

「落石？」

落ちてきた丸い岩はそのままゴロゴロ転がってこっちに向かってくる。

黒くて丸い岩……まさか、泥団子の逆襲⁉

だが岩は十数メートル手前で、パタリと止まった。

よく見たら岩じゃない！

手足があって、鼻が長くて、こげ茶色……え、これモグラ？

いやでもデカい。

一メートル以上あるし、何より服を着ている。

デカいモグラ＝モンスター⁉

「ルーシェ、シェリル。これっていったい？」

「わ、わかんないわよっ。こんなの、見たことないもん」

「ってことはやっぱり、モンスターってことでいいんだよな」

いつでも成長促進が使えるように、右手を構えた。

その時、モグラがピクリと動く。

「――けて」

「うひぃっ。し、しし、喋った⁉」

喋れるってことは、知能が高い証拠。

知能の高いモンスターなんて、厄介でしかない。早めに殺っておこう。

「たす、けて……父ちゃん、母ちゃんを、たす、け……」

「え？」

「ユタカさん、待ってくださいっ。父に聞いたことがあります。この砂漠のどこかに、亜人種が住んでいるって」

「あ、亜人？」

「そ、そういえばそんな話、聞いたことある、ような？」

モンスターじゃないのか。

「たすけ、て」

伸ばした手はモグラのそれにそっくり。

つぶらな瞳で、もこもことした体……ちょっと、かわいいかもしれない。

『キシエアアァアッ』

「な、何だ？」

妙な声はモグラが転がり落ちてきた斜面の上からだ。

「父ちゃ……母ちゃん……」

上にこいつの両親がいるってことか？

あの声はその両親なのか、それとも……。

突然のことで動揺しているけど、目に涙を浮かべて助けを求めるモグラを放っておいてもい

いのか？

「あぁ、クソっ。二人はここにいてくれ」

「な、何言ってんのよバカっ」

「そうです。戦闘でしたら私たちの方が慣れているんですよ」

ですよねー。

モグラを一匹にしておくわけにもいかないし、こいつを担いで斜面を登った。

決して緩やかではない斜面を、ルーシェとシェリルの二人は難なく登っていく。

「くぅ。早いなぁ二人とも」

運動神経は決して悪い方だとは思っていない。

でもこっちの世界の人と比べると、なんか自信失くす。

成長促進……あらゆるものの成長だっけ？

だったら肉体的な部分じゃなく、目に見えない部分の成長だって促進してくれないのかね。

筋肉を成長させることはできそうだけど、そこだけムキムキになっても嫌だしなぁ。

「見た目はこのままで、脚力だけ成長とかできないのかよ。成長促進さんよぉ」

そう愚痴を漏らした瞬間、足が……軽くなった。

斜面を蹴る力が、なんかさっきまでと違う。

まさか……マジで？

足を見てもムキムキにはなってない。本当に脚力だけ成長した……のか？

登った先にはエビのような——いや、シャコか？　それに似たモンスターが五体いた。

今度こそモンスターでいいよな？

シャコに似た亜人なんてことはないよな？

にしても——。

「ここは海じゃねえんだぞ！」

とツッコミたくなる。あ、でも大昔は海だったんだっけ。

まぁ、あんなデカいのがうじゃうじゃ泳いでいても気持ち悪いけど。

大きさはルーシェたちより気持ち小さい程度か？

「ユタカさんっ。シャッコーマですっ。モンスターです！」

「表面の皮が硬いから、私の弓じゃダメージを与えられないの。殺っちゃって！」

「任されたっ」

言いつつ、ふと脳裏に過（よぎ）った。

シャコ、美味いよな。

口の中が涎に満たされるのを感じながら、俺は右手を伸ばした。

◇
◆

「う、うぅん……」

気を失っていたモグラ夫婦と子供は、救助後にテントで寝かせておいた。

最初に目を覚ましたのは、たぶん親父だ。

服以外の見た目じゃ性別はわからないけど、たぶん合っていると思う。

「ト、トミー⁉」

「しーっ。隣で寝てるだろう」

「とな……おぉ、トミー。それにミファ……無事だったモグな」

モグ？

モグラだけあって、語尾はモグか。

「わしらを助けてくださったのは、あなたたモグか？」

「まぁ俺というか、俺たち？　ほら、彼女たちと協力して、シャコを……シャッコーマだっけ？　あいつらを倒したんだ」

そのシャッコーマは解体して、今はルーシェが昼食の準備をしてくれている。

今日は焼きシャコだ。絶対美味いぞ。

「そうモグか。命の恩人モグ。ありがとうございます。わしはドリュー族のトレバー。あっちが妻のミファで、息子のトミーですモグ。本当にありがが——うっ」

「傷が痛むか？　ごめんな。傷薬とかなくてさ。君らの荷物も見せてもらったけど、それらしい物もなかったし」

「あぁ、持っていないモグよ。でも近くに薬草、あったモグ。近く、すぐ近くモグよ」

近く近くと連呼されると、なんか余計に「近くない」気がしてならない。

「ほんっとうに近いんだな？」

「近い近い」

「はぁ……ルーシェ、シェリル。この人が近くに薬草があるって言うんだ。だから採りに行ってくるよ」

「ひとりで大丈夫ですか？」

「こっちの二人はまだ眠っているし、置いていくわけにはいかないだろ」

ってことで、モグラの親父さんを背負って指さす方角へと進んだ。

あー、うん。斜面の上だよな。

シャコがいた場所まで戻ってくると、親父さんが岩陰を指さした。

「あのちっさい花？」

「モグ」

モグっていうのは「ＹＥＳ」って意味だろうか。

「太い根が傷薬になるモグ。一本しかないモグから、息子か、妻に使ってやってほしいモグ」

「あー、それは心配しなくていいよ。こいつ、種付けるよな？」

「そりゃあ」

「なら。〈成長促進〉」

種が実るまで——お、なんかタンポポの綿毛みたいなのが生ったな。

それをわしっと全部掴んでインベントリへ。

「モグ!?　ど、どうなっているモグ？　何故急に成長を。種はどこにいったモグか」

「気にしない気にしない。さ、戻ろう」

親父さんをまた背負って、斜面を下りていく。

やっぱり……脚力、ついてるよな。

テントに戻ってから種を成長させる。

「根っこが傷薬だって言うけど、種を付けた後でもいいのか？」

「い、いいモグ。いいモグが……」

彼は興味津々な様子で成長する花を見ている。まぁすぐに綿毛になるんだけどな。

綿毛を収穫したら掘り起こす。

太い根っこっていったって、元々小さいからなぁ。

「あ、その根っこ見たことあります。ね、シェリルちゃん」

「ん？　あ、父さんが狩りに行った際に、時々持って帰ってきてた塗り薬になるヤツね」

「使えるようにできる？」

「はい。簡単なので大丈夫ですよ」

「擂(す)りつぶして少量の水と混ぜるだけよ」

そっちは二人に任せて、花を量産する。

一年草だな。おかげで五、六十本ほど余裕で成長させられる。

薬の準備ができたら、まずは——。

「二人はまだ寝てるし、親父さん、まずはあんたから」

見つけた時、親父さんは奥さんを庇(かば)うように覆いかぶさっていた。

背中は傷だらけだ。

彼の服を捲(めく)ると……。

「あぁっと、その、体毛がふさふさなんだけどさ、この上から塗っていい？」

「モグ」

YESか。なんか塗りにくいけど……ん？

塗ってるそばから、傷が塞がっていくんだけどどういうことだ!?

「な、なんか凄い速度で傷が塞がっていくけど」

俺、〈成長促進〉なんて使ってないよ？

「よく効く薬モグ」

「こ、これが普通？」

「モグ」

異世界の薬草、マジすげぇ。

それから母親、子供と目を覚まし、二人の傷の手当ては親父さんがやる。

それが終わる頃、昼食も焼き終わった。

「美味しいモググ」

「ほんと。シャッコーマがこんなに美味しかったなんて、知らなかったモクわぁ」

子供はモググ。おふくろさんはモクか。

「ん～、ほんっと美味しい」

「シャッコーマはもう少し山奥の方に生息しているので、滅多に見かけないモンスターなんです。むかーし一度だけ父が仕留めて帰ってきたのですが、もうほんっとうに美味しくって」

シェリルとルーシェも大絶賛。

シャコに似ているし、エビ風の味なのかと思ったらとんでもない！

蟹（かに）だカニ！

なんて贅沢なんだ。山の中で焼き蟹なんて、贅沢過ぎる。

しかもサイズがサイズなだけに、一匹分でも俺たちだけでは食べきれない。

未調理のヤツは持って帰ろうっと。

「ドリュー族、だっけ？　なんで集団移住を？」

彼らは山のずっと北側で暮らすドリュー族とのこと。

何組かの家族と一緒に里を出て、新天地を求めて移住をしている最中に襲われたらしい。

「わしらの里では人が増えたせいで、食料不足が深刻化したモグ。それで移住を決めたモグよ」

「その道中でモンスターに襲われて……あぁ、みんな無事だといいのだけれどモク」

食料不足、か。

種族が違えど、どこも似たような状況なんだな。

「それで……三人はどうする？　仲間と合流、したいよな？」

「それはもちろんモグっ。いや、でも……」

親父さんは俺たちを見て、それから息子のトミーを見た。

我が子を怖い目に遭わせたくないんだろう。

捜しに行くとなれば、またどこでモンスターに襲われるかわかったもんじゃないし。

「ルーシェ、シェリル。この三人を集落に連れていけないかな」

「え？」

「それは受け入れるってことですか？」

「ひとまずゆっくり休ませないと。他のドリュー族を捜すにしても、子供は連れていけないだろ？　その先のことは、また後で考えるとしてさ」

「モググ？」

それに燃える石を集落に届けなきゃいけない。

俺が来たせいで食べ物が充実し、その分、料理で使う石の量が増えたんだ。

で、今わりとピンチだったりする。

「わ、わしらドリュー族は、地面や崖に穴を掘って暮らす種族モグ。穴を掘るのは得意モグが、人間と比べるとこのように小さく、かわいいしか取り柄のない種族モグよ」

「今、自分でかわいいって……」

「モンスターと戦ったりはできないモグ。だから隣人がいてくれると安心モグっ」

「何でもお手伝いしますモク。土に関することなら、何だって得意モクですからっ」

「せめてトミーだけでも……お願いするモグ」

夫婦は必死だ。

自分たちがというより、大事なひとり息子に安心して暮らせる土地を探してやりたいっていう気持ちの方が強いんだろう。

「息子だけなんて、ダメに決まってる」

「そんなっ」

「親がいなくなるって、寂しいんだぜ。凄く」

「そ、それは……モク」

「だから三人一緒だ」

そういうと、ドリュー族の親子は抱き合って喜んだ。

双子に視線を向けると、笑みを浮かべて笑っていた。

いいってことだよな。

焼きシャッコーマを食べて元気になった三人は、泥団子作りを手伝ってくれた。

その手際のよさといったら、そりゃもう凄いのなんの。

なんで一回捏ねる間に、団子が五個できるんだよ。子供のトミーですら二個同時だ。

ドリュー族は小柄だが、その手は俺たち人間よりデカい。

だからってどうやったら複数同時に丸められるんだ。

「たった数時間で、私たちの四日分の団子を超えちゃったわね」

「凄く助かります」

「いやいや、お役に立ててよかったモグ」

「燃える石は私たちドリュー族でも使うモク。ですから丸めるのに慣れているんですよモク」

「そっか。じゃあいくつかはドリュー族用に取っておかないとな」

今日は三人の体力回復を優先して、ここでもう一泊する。

明け方、俺が見張りに立つと親父さんも起きてきた。

「親父さん、何してんの？」

「仲間に居場所を知らせるために、目印を付けているモグよ」

そう言って親父さんは、爪で岩に矢印を付けていた。

硬い岩じゃなかなか書きづらいだろうに。

そうだ。

「親父さん、この木に印を付けたらどうだ？」

「いいモグか？　木は貴重な資源モグよ」

「いいよ。この木はこのままここに置いていくし。そうだ。斜面の向こう側にもあった方がよくないか？　それに木なんて珍しいし、目を引くだろ？」

親父さんを担いで斜面を登り、そこにも木を——どうせなら目立つように桜の木を植えた。

もちろん、花を咲かせた状態で。

「二分咲きぐらいがいいな」

「おぉ、なんと愛らしい木モグか。まるでドリュー族のようモグ」

……自分たちはかわいい種族だって思っているのか。

まぁ……かわいいけど。

翌早朝。

三人の体力のことを考えてゆっくりと集落へ向けて移動を開始。

彼らは二足歩行だけど、なんせ足が短い。体力うんぬん以前に、俺たちより歩幅が狭い。

まぁ半日程度で集落に到着するだろう。

トミーはこれから知らない土地へ行くことにワクワクしているようだけど、大人二人は神妙な面持ちだ。

「もし人間のみなさんに迷惑がられてしまったら、どうしようモグ」

「せめてトミーだけでも、数日でいいので預かってもらえるといいモクですが」

仲間と合流したい。だけど息子をこれ以上危険な目に遭わせたくない。

そんな気持ちが入り混じっているんだろうな。

「たぶん大丈夫だと思うよ。実は俺もよそ者だったんだけどさ、優しく迎え入れてもらえたし」

「そうだったモグか」

「ですがユタカさんは同じ人間族モク」

確かに種族は違う。見た目も全然違う。

だけど。

「言葉が通じて友好的な相手なら、種族が違ったって必ず仲良くなれると、俺は思ってるよ」

「ユタカくん……ありがとうモグ」

なんか自分で言ってて、ちょっと照れくさいな。

でも言ったことは本心だ。

「じゃあさ、じゃあ、ユタカ兄ちゃんとボクは、友達ってことモググ？」

「お、友達か。いいねぇ。じゃあトミーが異種族の友達第一号だ」

「ぃヤッターモググ！」

友達になっただけでこんなに喜んでくれるなんて。トミーはかわいいな。

「じゃあトミー。私が人間のお姉さんの友達第一号よ」

「あっ、ずるいですシェリルちゃん」

「ふっふっふぅ。一番はひとりだけだもの。ねぇ、トミー」

「えへへ。第一号と第二号の友達モググぅ」

友達……そういえばルーシェとシェリルは、俺にとって何だろう？

友達？　命の恩人？　拾ってくれた人？

二人の笑顔を見ていると、ちょっとだけ胸がドキドキする。

「あ、見えてきました。あれが私たちが暮らす集落です」

「大丈夫。友達の私たちが、三人を迎え入れてもらえるように頼んであげるから」

「あぁ、そうだ。俺たちが説得する」

人口が増えれば食料と水が問題になる。

そこは俺が何とかする。してみせるさ。

だって新天地を、こんなキラキラした目で見つめるトミーを見たら追い返せるわけないだろ。

ここは砂漠、不毛な大地だ。

だからこそ、みんなで協力し合って生きていかなきゃだろ。

土に関する作業は得意だって言ってたし、ドリュー族が加われば今よりきっと、暮らしが豊かになる……はずだ。

きっと。

第三章　大地の竜

「わあぁぁぁぁぁっ」

「わぁ～」

集落に到着すると、さっそく集まってきたのは子供たち。

初めて見るドリュー族の三人に、興味津々だ。

「こんにちはモグ」

「わっ。喋った！」

「しゃべったぁ」

トミーはおっかなビックリで、おふくろさんの後ろに隠れてしまった。

そのうち大人たちが来て、こちらもやっぱり驚く。

「これは驚いた。ドリュー族の方、ですよね？」

「オーリは知っているのか？」

「あぁ。まだ村で暮らしていた時にね、一度だけ見たことがあるよ。もうずいぶん昔だけど」

「時には人間の里で、取引をすることもあったモグから。その時でしょう」

知っている人がいてよかった。

みんなに事情を説明し、できればこの近くにドリュー族を住まわせてやりたいとお願いする。

そのことに関して誰も反対せず、あっさりと承諾された。

「東の崖上にある、岩塩が採れる洞窟の所とかどうかなって思っているんだ」

「そうだなぁ」

「が、岩塩モグか？　いや、塩は……」

「ん？」

夫婦は申し訳なさそうに、

「『肌がかさかさになるモグ（モク）ので』」

——と。

あ、塩だけに皮膚の水分がとられる……とか？

「あっはっは。なるほどなるほど。なら逆の西側はどうだ？」

「あぁ、いいんじゃないか。西側の、ほらあそこだ。あの辺りも平らな土地があるんだよ」

数十メートルの断崖絶壁。その上は開けた平らな土地があるようだ。

切り立った崖があって、平らな土地があって、また崖があって。

この辺りはそんな風景が広がる。

岩塩の洞窟がある位置より、もう少し上の方だな。

「向こう側には何もないいんだ。だから使ってない」

「ただ朝日がよく当たるだろうから、気温が高くなるのも早いだろう」

「それはご心配なく。わしらは穴を掘って暮らすモグから」

「でもすぐに家を掘れるわけじゃないだろ？　しばらくはこいつを仮住まいにしなよ」

インベントリからツリーハウスの種を取り出した。

さっそくキノコを成長させながら、西側の崖を登る。ドリュー族に合わせて段差も低くしておかないとな。登ったら次はツリーハウスだ。

もしかするとドリュー族がこれから集まるかもしれない。

彼らの体は小さいが、それでも集落にいる十歳の女の子と同じぐらいの身長はある。

一本のツリーハウスで大勢が寝れるように、少し大きめに成長させよう。

せっかくだし、ツリーハウスが何年でどのくらい成長するのか見てみたい。

今回は五年指定で成長させていこう。

「〈成長促進〉」

最初の五年で普通の木のサイズに。たった五年でこのサイズとは、成長が早いな。

追加で五年——特に変わらず、更に五年。

幹が太くなったが、扉はまだない。

更に二十年の成長で、ようやく扉が出現。

「三十五年で最初に俺が砂漠で成長させたツリーハウスのサイズか」

「建築に三十五年もかかるって考えたら、すっごく長いんでしょうけどね」

「ふふ、でも木だと考えると、意外と早いですよね」

「だな。さて、もっと成長させないと、このままじゃ狭過ぎるな」

樹齢百年ほどまで成長させると、ロフト付き二階建てサイズになった。

もう少し欲しいな。できれば別室とか、せめて仕切りのある部屋が欲しい。

贅沢か？

「わっ、あそこ見て」

「ん？」

「まぁ、木に大きなたんこぶができてます」

一階部分の幹が異様に膨らんでいる。かなり大きい。

これ、「たんこぶ」じゃなくて「こぶ」って呼ぶんだけどな。木を知らない彼女らにとって、木のこぶも頭のたんこぶも同じなんだろう。

もしかしてと思って中へ入ると。

「部屋がある⁉」

「わぁ、いいなぁ」

「兄ちゃん、オレん家にもたんこぶ作ってよぉ」

いつの間にか集落の子供たちが集まり、たんこぶコールが始まった。

それだけじゃない。

「お花っ。お家にお花が咲いてるよぉ」

女の子のオリエが気づいて、枝に白い花を見つけた。

花ってことはまさか。

「種ができる!?」

さっそく種ができるまでと追加成長させると、インベントリにある種とまったく同じ物が一つだけ実った。

それから追加で二十年成長させてみたけど、こぶがもう一つ増えただけ。

「一生に一つしか種ができないのか」

「でもそれなら、今まで植えたツリーハウスからも種が採れますね」

「なくなる心配もないってことじゃない」

はは、確かにそうだ。

これで残りを気にすることなく、家を植えられるぞ。

三日かけて全てのツリーハウスの種を回収。

その間に人間族とドリュー族は打ち解けた。

その立役者となったのは、焼きシャッコーマだろう。美味かった。

子供たちはそれとは関係なく、よく遊んでいる。今度遊具を作ってやりたいなぁ。

ダッツに頼もうっと。

「ユタカ兄ちゃん、ミミズぅ」

「ありがとうトミー。にしても、ちっさいなぁ」

「土に栄養ないから、育たないモググ」

「そっか。じゃ――〈成長促進〉」

今日は畑の土壌改良を行うべく、トミーにミミズを探してもらっている。

この三日間で他のドリュー族は、まだ誰も来ない。

燃える石が作れるあの場所からここまで、桜の木を何本も成長させてきた。それを目印にドリュー族が来るんじゃないかと思って。

やっぱり捜しに行くべき、か。

「モググ!? 大きくなったモググっ」

「うわぁ……ねぇユタカ。それ、ワームに成長したりしないわよね?」

「え……ト、トミー。これ普通のミミズだよな?」

「モググ」

シェリルに言われてギョッとしたけど、普通のミミズらしい。

……と、とりあえず、小指ぐらいの太さまでって指定して成長させたからいいだろう。

「トミー。もう一匹見つけてくれないか？」

「いいよー」

トミーが向かったのは、水場の崖の傍。

元々あそこは零れた水のおかげで、土が湿っている。ミミズはそこから探してきたようだ。

「ね、ユタカ」

「ん？　どうしたシェリル」

彼女は上を見て、少し不安そうにしている。

「水……減ってない？」

「減って？」

零れてくる水の量が……減ってる⁉

以前は竹の水道管を流れる水で、流しそうめんがギリギリできるぐらいの量があった。

でも今は水が流れているのかいないのか、一見するとわからないほど減っている。

「地下水が枯れ始めたのか？」

「どうかしら。でもこのままだと水が……ユタカが植えてくれた瓢箪だけじゃ、ドリュー族が来た時に水が足りなくなるわね」

集落の人たちだけなら、ギリギリなんとかなる、かもしれない。

だけど水の木だって、いつか枯れてしまう可能性だってある。

瓢箪の中の水がどこから来たものなのか考えればわかること。

あの水は、地中の水分を根が吸い上げたものだろう。

実際、最初の頃より瓢箪が育つ速度が遅くなっている気がするし。

「おやお二人さん、どうしたモグ？」

「トレバー。いや、その……実は」

崖を見上げて、水がちょろちょろと流れる場所を指さした。

「水の出が減ってるんだよ。俺が来た時はもう少し多かったんだけどさ」

「十八年ぐらい前はもっと多かったらしいの。そのぐらいの時期に嵐が来て、水の出が急に減り始めたって」

「十八年ぐらい前……あぁ、確かに大きな嵐があったモグなぁ。そうだ、上から見下ろして気になっていたことがあるモグ」

「気になっていたこと？」

「モグ。ついて来るモグ。ささ」

トレバーがついて来いというので、俺とシェリル、それとトミーの三人でついていった。

向かったのは彼らの居住地となる高台。

「見るモグ」

「ん？」

「水が出ていた場所から、渓谷の出口に向かって筋が見えるモグ」

「筋……あ」

見える。

幅三、四メートルほどの筋が、渓谷の外に向かってずーっと延びてるのが見える。

たぶん周りの土地より、ほんの少しだけ凹(へこ)んでいるんだろう。それが筋のように見えるんだ。

「これってもしかして、川の跡とか？」

「かわ？　かわって何よ」

「え？」

シェリルが不思議そうに首を傾げる。

川を、知らない？

トレバーを見ると、こちらは「知ってるモグよ」と。

「わしらの村の近くに、小さい川があったモグ。だけど砂漠で暮らす人間は、知らなくても仕方ないモグよ」

「あぁ、そうか。えぇっと川っていうのは、水がたくさん流れている所のことをいうんだ」

「た、たくさん!?」

「もしかすると以前、ここには川が流れていたのかもしれないモグなぁ」

もしかしてもしかするのかもしれない。

「どこかの地中で、地下水が堰き止められているかもしれないモグ」

「それがどこかがわかれば……」

すると、トレバーがぽんっと胸を叩いた。

「なら、わしが役立つかもしれないモグな」

役立つって、何に？

とにかく任せてほしいと言うから、準備をしてさっそく出かけることになった。

「ふんふん。この辺りの土は、あまり水のニオイがしないモグな」

トレバーとトミー、それから俺と双子姉妹の五人で岩塩の採掘所がある高台へ向かう。

「ニオイ？　水のニオイなんて、わかる？」

ルーシェとシェリルを見て言うが、二人は首を振る。

「モグッグ。わしらドリュー族にしかわからないモグよ。もう少し登ってみるモグか」

「あぁ、じゃあキノコ階段作るよ」

「あの辺りに登りたいモグ」

トレバーが爪で指したのは、比較的低い崖だ。

そこまで階段を作ると、人ひとりが通れるぐらいの細い道が奥へと続いていた。

トレバーは四つん這いになって、ニオイを嗅ぎながらその道を奥へと進んで行く。

時々トミーにも同じようにニオイを嗅がせるのは、土を知るための勉強なんだとか。

この日は二時間ほど登ったり下ったりして奥へと進んだけれど、地下水が溜まっている場所は特定できず翌日に持ち越し。

翌日は朝から出発して昨日の所までは普通に歩き、その先から捜索開始。

途中で昼飯を食べてから再出発してしばらくした頃――。

「むむ。この下に空洞があるモグな」

「え？　本当か⁉」

「トミー、よく聞くモグよ。ここの音と――こっちの音。わかるモグか？」

空洞がある、と言った場所でトレバーは足踏みをし、少し離れて同じように足踏みをする。

俺にはさっぱり音の違いがわからない。

そしてトミーは首を傾げて「なんとなく、モググ？」と。

なんとなくでもわかるのか。

「しかし困ったモグね。真下に穴を掘れば、途中が空洞モグから落下して危険モグ」

「あぁ、そうか。じゃ別の場所から斜めに掘り進める？」

「それしかないモグが、わしとトミーの二人だけでは数日かかるかもしれないモグよ」

ツリーハウスをここに植えれば泊まり込みもできる。

食べ物だって、とりあえず野菜や果物ならいくらでも成長させられるし。

俺たちはいいけど、集落にはおふくろさんもいるしなぁ。

「こんな時、ドリュー族の仲間がいたらよかったモグが……」

「とりあえずさ、一度集落に戻って日を改めないか？　トミーはおふくろさんと一緒の方がいいだろうし」

「モグ。明日また来るモグ。トミー、お前は留守番して、母さんの家掘りを手伝うモグ」

「うん、わかったモググ」

よし。それじゃあ目印も兼ねてツリーハウスを成長させておこう。

ツリーハウスで一泊して、朝早くに集落へと戻る。

トミーを家に帰したら、その翌日にまた出発。

ツリーハウスまでやって来ると、何やら黒や茶色のもこもこした物体が転がっていた。

それを見たトレバーが慌てて駆け出す。

「オースティン⁉」

「「え？」」

トレバーが駆け寄って、もこもこの名前を叫ぶ。

もしかしてドリュー族か⁉

「オースティン！　それにクリントまで。どうしたモグか。しっかりするモグ！」

「ト、トレ、バー……無事、だったモグか」

「わしは無事モグ。それよりもあんたたちが――」

その時、誰かの腹の虫が盛大に鳴った。

どうやら全員、空腹で倒れているだけのようだ。

なら美味いものをご馳走しないとな。

手早く作るなら野菜炒めだろう。味付けはスパイスを使ってカレー風味に。

プラスしてこふき芋を作れば完成だ。もちろん、調理したのはルーシェだから、味の保証もバッチリ。

「さぁみなさん、召し上がってください」

竹を成長させ、皿と箸も用意してある。ドリュー族は大きな手で器用に箸を使う。

全員が一心不乱に料理を口に運ぶのを見て、ちょっと足りないかなと心配に。

トウモロコシを成長させて、焼きモロコシを用意するか。

「木を目印に捜してくれたモグか」

「もぐもぐ。ん、そうだ。桃色の、わしらのようなかわいい花をつけた木を見つけてモグな」

「そしたら急に花のない木が見えて、もしかしてと思ってこっちに来たモグ」

さり気なく、自分たちのようなかわいい……って言ったな。

わしかわいいはドリュー族の共通認識のようだ。

ツリーハウスに到着していたのは、二組の一家。合計九人だ。

聞けば子供たちは昨日から、そして大人たちは一昨日から何も食べていないという。

「他は？　みんな逸(はぐ)れてしまったモグか？」

「あぁ。みんなちりぢりになってしまったモグ。家族と逃げるので必死だったモグよ」

「わしらはすぐに合流できたモグ。他のみんなを捜してあちこち歩いたモグが、途中であの、わしらのようにかわいい花を見つけたモグ」

「そうモグか。あの木はこちらのユタカくんが目印にと、成長させてくれたモグ」

食事中のドリュー族が一斉に俺を見る。

「ど、どうも。ユタカです」

「どうもどうも。わしはオースティン。こっちは妻のウィンディで、息子のコニー。娘のマリルですモグ」

「わしはクリント。妻のラーナに長男のクリフ。そっちが次男でリト。末娘のナーシャですモグよ。トレバー一家を助けてくださって、ありがとうございますモグ」

どうやらドリュー族の語尾につく言葉は、性別や年齢で固定なのかもしれない。

なんて考えている間にも、彼らはこれまでのお互いのことを話した。

そしてこの流れで――。

「ならわしらも手伝うモグ」

「あぁ、水はどの種族でも大切モグ。ここの地下に水があるなら、わしらが地下道を掘って集落まで届けるモグよ」

オースティン、クリントの二人が胸をどんっと叩き、協力を申し出てくれた。

これはありがたい。

トレバーひとりだと数日かかるかもってことだったが、ドリュー族三人ならもっと早く終わるかもしれない。

「まずは集落まで行こう。奥さんや子供たちには、安全な場所にいてもらった方がいいだろう？　トミーの遊び友達も必要だし」

ってことで、一晩ここで休んで翌日は集落へと向かった。

トミーは既に集落の子供たちとも仲良くなっているが、やっぱり見知った顔の友人が来て嬉しいようだ。

集落の人にも紹介をし、本格的に二種族の共同生活が始まる。

一気に人口が増えた。水がピンチだ。

とりあえず水の木を増やしてなんとかしのぐしかない。

人手……というかドリュー手が増えたことで、さっそく地下空洞を調べに戻る。

が、その前に――。

「へぇ、穴はこんな風になっていたのか」

「私たちも知りませんでした。流れてくる水の量に対して、ずいぶん大きな穴だったのですね」

崖から水が出ている場所を見てみると、横に細長い穴が開いていた。

ちょうど真ん中辺りが窪みになっているから、今はそこからしか水が流れていない。

もっと昔は、この穴全体から水が流れていたのかも。

ドリュー族が「水が染み出ている」のか「穴を通って流れてきている」のか知りたいということで確認してから出発。

「穴を通って流れてきているモグから、地下に水の通り道があるモグよ」

「途中で穴が塞がってしまったモグだろうなぁ」

「なるほど。その塞がった箇所を開通させれば――」

「モグ。また水が流れてくるモグね」

希望が見えた。

ツリーハウスの所まで行くと、さっそくトレバー、オースティン、クリントの三人が穴を掘り始める。

下の方は空洞ってことで、そうじゃない場所から坂道を掘るようにして進んでいった。

その間、俺たちは暇だ。

彼らがモンスターに襲われないよう、護衛のために一緒に来ているけど、なんせ三人は穴の中だ。彼らを襲えるモンスターもいない。

むしろ俺たちが襲われる。まぁ即行で倒すんだけどさ。

「今晩のおかずができたわね」

「シャッコーマじゃないのが残念ですが」

仕留めたのは蛇っぽいモンスターだ。前脚があるけど。

蛇の肉は鶏っぽいというし、唐揚げにしてみるかな。

コンソメと塩コショウ、あとすりおろしたショウガで味付けして、片栗粉をまぶす。

それを油で揚げただけの簡単レシピだ。

「んん～、おいひぃ」

「もぐ。ん、このからあげなるもの、本当に美味いモグな」

唐揚げと採れたて新鮮サラダ、いつものコンソメスープにナン。

コンソメスープか、カレー風味のスープばかりなのが少し残念。牛乳でもあれば、シチューが作れるんだろうけどなぁ。

さすがに牛乳は調味料の木にも実らなかった。

「ユタカさん、どうなさいましたか？」

「ん、いや、牛乳があればシチューとかも作れたのになぁと思って」

「しちゅー？　何それ、聞いただけで美味しそうなんだけど」

名前だけで美味しいかどうかの判断ができるとは。

シェリルは案外食いしん坊だな。

「そもそもぎゅーにゅーって、何でしょう？」

「そこか……そこから説明しなきゃいけないのか。んー、牛ってわかる？　動物なんだけど。雌の牛から採れる乳のことなんだ」

乳——と聞いて、ルーシェとシェリルの二人が頬を染めた。

や、変な意味じゃないから！

「お乳？　ヤギのお乳なら知っているモグが」

「牛というのは知らないモグな」

「ヤギがいるのか!?」

「山に」

とトレバーが後ろの山を指さす。

野生のヤギかよ！

いや、野生のヤギでも何でもいい。欲しい。絶対に欲しい！

「お乳は草と交換でくれるモグよ」

……ん？

「欲しいものがあれば、相手の欲しいものと交換する。それが砂漠では当たり前モグからね」

「い、いや、ヤギ相手に物々交換？」

「そうモグよ」

ヤギと物々交換って……そんなことあり得るのか？

空洞に向かって穴を掘り進めること三日目。

ドリュー族が掘った穴が、ついに空洞と繋（つな）がった。

「もう少し大きく掘ればよかったモグな」

「申し訳ないモグ」

「いや……大丈夫」

本当は腰が痛い。なんせドリュー族サイズの穴だ。俺たち人間だと四つん這いでギリギリ通れる大きさしかない。

しかも途中で蛇行していて、這いにくいし思ったより距離が長い。

泥まみれになりながら、ようやく空洞へと到着した。

なんか少し臭う。ガスじゃなければいいが。

「うぅん、何も見えん」

壁に手をつこうとして、右手で柔らかい物に触れた。

逆に左腕は誰かに触れられる。

「キャッ。や、え？　誰か触った？」

慌てて手を引き、一歩下がった。

小さな悲鳴はシェリルの声だ。

ま、まさか今の、シェリルのお……。

「シェリルちゃん？　今のはシェリルちゃんですか？」

「ルーシェなの？　なんだぁ」

俺は理解した。

たぶん、俺の手が触れたのはシェリルの……。

そして俺の腕に触れたのはルーシェ。

わざと触ったわけじゃないけど、なんか後ろめたい。

こ、ここは黙っておこう。

「役得、モグな」

ぼそりと足元で声がした。

見られてた⁉

い、いや、見えてた？

「こんな真っ暗なのに、見えるのか？」

「ドリュー族は穴の中で生活をする種族モグ。暗視能力は誰にでもあるモグよ」

「子供にもモグな」

「ふ、ふーん……い、今のは……」

「「内緒モグな」」

わかっていただけてありがたいよ。

ドリュー族に明かりを灯してもらって、ようやく俺たちも辺りが見えるようになる。

するとシェリルとルーシェが、燃える石を出してくれと言うので取り出すと、それを小さく砕き始める。

砕いた石に火を点け、ルーシェが大剣をゴルフクラブのように振っていくつも石を飛ばした。

更に見える範囲が広くなる。

「おぉ、広いな」

「凄いです。地下にこんな大きな空洞があるなんて」

天井の高さまではわからない。そこまで明かりが届いていないからだ。

小さく燃える石もあちこち転々と転がっているから、全体を照らすことはできない。それでもたぶん、体育館の半分以上の広さはありそうだ。

「ね、ねぇ、見て……あ、あれってまさか」

シェリルの震えるような声。

彼女が指さしていたのは、明かりを反射する水面……み、水⁉

「地下の湖モグなぁ」

「見るモグ。あそこに崩落した岩があるモグ。もしかするとあそこに、地下水路があったのかもしれないモグよ」

壁の一部が崩れ落ちたのか、いくつもの岩が積み重なったような場所がある。

ドリュー族が調べた結果、やっぱりあの場所に横穴があるようだとのこと。

「じゃああの岩をどかせば、水が流れるのね」

「これだけあれば、もう水に困ることはなくなりますね」

喜ぶ二人の声が地下空洞に木霊（こだま）する。

「モグ？　何かいるモグよ」

「お、おい、怖いこと言うなよ」

「いい、いるモグ⁉　水の中に何かいるモグウゥ」

慌ててドリュー族が俺たちの後ろに隠れる。

お、おい、水の中って……。

燃える石の明かりはそんな遠くまで届かないぞ。せいぜい水面が反射するぐら――

『ヤメテ』

「何か出たあぁぁぁ」

「きゃぁーっ」

「やぁーっ」

「「もぐぅぅぅぅぅっ」」

『ワァアーッ』

六人で抱き合って悲鳴を上げると、水の中の何かも叫んだ。

叫んだ？

さっきやめてって言ってたようだし、人なのか？

「だ、誰だ!?」

『ボクダヨ』

僕ぼく詐欺か。

「ボクじゃわかんないだろっ」

『ボクハボクダヨ』

ぽちゃんと音がして、明かりの届く距離に何かがやって来る。

オオサンショウウオ？

いや、大きなウーパールーパーみたいな、そんなのが現れた。

「ど、どちらさまで？」

『ボクダヨ』

こりゃ埒が明かないな。質問を変えよう。

「種族を教えてくれないか？」

『アースドラゴン』

「ほぉ、アースドラ……」「「ドラゴン⁉」」

全員の声がハモって木霊する。

驚いたのか、自称アースドラゴンは水の中にとぷんっと潜ってしまった。

「ご、ごめんごめん。みんな、声のトーンを落とそう。ここだと反響してうるさいから」

「そ、そうね」

「ごめんなさい」

「モグ」

するとまたちゃぽんと音がして、さっきのが顔を出した。

「ア、アースドラゴン……って本当？　ドラゴンってこう……巨大なイメージがあるんだけど」

『ボクコドモ』

「あぁ、なるほど」

子供でももっと大きいイメージがあるんだけど、そうでもないのか。

のそりのそりと出てきたウーパールーパーに似た、自称アースドラゴンの大きさは、体高で一メートルほど。ドリュー族の子供とそう変わらない。

アースドラゴンという割に、皮膚に鱗はないしぬめっとした感じだ。

『水、ヌカナイデ』

「抜かないでって、まさか堰き止めたのはお前か？」

『オカアサントボク』

お母様がどこかにいらっしゃる⁉

『ボク、鱗ガハエルマデ、水ノ中ニイナイト皮膚ガカワイテ死ンジャウノ』

「え、アースドラゴンなのに水の中じゃないとダメなのか？」

子竜が頷く。

確認するようにみんなを見るが、首を傾げたり首を振ったりして「わからない」と。

「ドラゴンの生態は謎モグ」

「知っている人なんていないんじゃないかしら」

まぁ、個体数だってそう多くはないだろうしなぁ。

「うぅん。俺たちも水が必要だしなぁ。少し流すぐらいもダメなのか？」

『マエハアッチカラ水ガナガレテキテタノ』

子竜があっちというのは対岸の方だ。

真っ暗で見えないがドリュー族が「大きな穴があるモグ」と教えてくれた。

「アースドラゴンの母ちゃんが通ってきた穴かもしれないモグな。それぐらい大きいモグ」

「お、お母さんはどこにいるんだい？」

尋ねると、子竜は悲しそうに俯いた。

『スコシ前ニ、大キナオジサンガキタノ。オカアサン、オジサンヲオイハラウタメニアノ穴ノホウニ行ッテ……モドッテコナイ』

「おじさんって、アースドラゴンか？」

違う、というように子竜は首を振る。別のモンスターか。

『ボク、アッチマデノセテアゲル。オカアサン、捜シテホシイノ。ボク水カラデラレナイカラ』

向こう側に行って戻ってこない。

それがいつのことなのかわからないけど、戻ってこないってことは――。

子竜が、こちらをじっと見つめている。その目はどこか、悲しそうにも見えた。

たぶん、こいつもわかっているんだろう。

でも知りたいんだ、本当のことを。

「わかった。じゃ、連れていってくれ」

『ウン』

その返事は嬉しそうには聞こえない。

俺ひとりを乗せて、アースドラゴンの子が地底湖を泳いで渡る。

対岸まで来ると、確かに地下を流れる川――の跡があった。

振り返ると子竜が、不安そうにこちらをじーっと見ている。

「ふぅ。行くか」

念のためにいつでもスキルを使えるよう、心の準備だけしておく。

だがその必要はなかった。

奥に進むにつれ、鼻を突くような異臭が強くなる。

二〇〇メートルぐらい進んだだろうか、行く手が落石で塞がっていた。

その手前に横穴がぽっかり口を開け、だがその先はなく、直下に深い穴が開いていた。

インベントリから薪用の木材を取り出し、火を点けて落とす。

穴の中には、折り重なるようにして二つの大きな亡骸があった。

あの子に何て話そう。

座り込んで穴の下に横たわる亡骸を見ていると、何かが光った。

何故だかその光が呼んでいるような気がして、キノコ階段を成長させながら下りていった。

「光っていたのはこれか」

二つの亡骸は腐敗が始まっている。ドラゴンの鱗もくすんでしまっているのに、一枚だけ、額の部分の鱗だけが、綺麗に輝いていた。

触れるとぽろりと落ちて、まるで持っていけと言っているようだ。

それを、湖で待つ子竜のもとへ持っていった。

「これ」

輝きがより一層増したように見える。

『オカアサンダ』

「あぁ。お前のお母さんの鱗だ。綺麗だな」

『ウン……ウン……』

この子はこれからどうするんだろう。母親に比べたらかなり小さな体だ。

ひとりで生きていけるのか。

心配になっていると、受け取った鱗を子竜は自分の額にくっ付けようとしていた。

まぁ手が届いていないんだけどな。

「そこにくっ付けるのか？」

『ツケタイ』

「貸してみろ、付けてやるから」

付くのかなと疑問に思いながらも、手にした鱗を子竜の額に置いてやる。

すると鱗が、吸いつくように子竜の額にくっ付いた。

「お、付いた。これでいいか？」

『ウンッ。アリガトウ、ニンゲン。コレデオカアサント一緒』

「いいさ。な、向こうまで乗せてくれるか？」

『ウン。ノッテ』
少しだけ声に元気が出たようだ。
向こう岸に向かう途中、子竜がごめんと謝る。
『アト五年マッテ。ソシタラ鱗ガチャントハエルカラ、ココノオ水ヌイテモイイヨ』
「あと五年?」
『ウン。オカアサンノ鱗モラッタカラ、ハエテクルノハヤクナルトオモウ』
あの鱗がなかったら、もっとかかっていたのか。
けどあと五年……俺たちがそれまで瓢箪の水だけで生き延びれるか……。
ドリュー族も増えたし、これからも増えるだろう。
地中の水分も減ってきてるだろうし、五年は待てないかもしれない。
だけど五年だ。それぐらいならお安い御用ってもんだ。
「じゃ、俺が君を五年――いや、鱗が揃うまで成長させてやるよ」
『セイチョー?』
対岸まで戻ってくると、ルーシェとシェリルの二人が駆け寄ってくる。
「ユタカさん、おかえりなさい」
ルーシェは目に涙を浮かべて抱きついてきた。
彼女の肩越しに見えたシェリルの目も、少し潤んでいるようだ。

「そんなに心配だったのか？」

「当たり前です！　アースドラゴンはまだしも、その子がおじさんと呼ぶモンスターと遭遇でもしようものなら……」

「いや、まぁ……死んでたよ。そのおじさんってのも」

腐敗もあったし、何のモンスターかわからなかったけど。

「お母さんの方は？」

シェリルはできるだけ声を潜めて尋ねてきた。それに俺は首を振って答える。

「それでだ。こいつの鱗が生えるまで、スキルで成長させようと思う。鱗が生えれば水から出られるようだしさ」

『鱗ガアレバ皮膚ガカンソウシナイカラダイジョウブ。デモセイチョーッテドウヤルノ？』

「こうやるのさ」

実際にどうやるのか、種を一つ成長させて見せた。

『ワッ。一瞬デオオキクナッタ！』

「命があるものなら、植物でも生き物でも、成長速度を自在に操れるんだ。だからお前の鱗が生えるまで、一瞬で成長させられるぞ」

『スゴイネニンゲン！　ソシタラボク、オ水カラデラレル！』

こちらとしてもその方がありがたい。

「自然な成長じゃなく、俺のスキルで無理やり成長させることになるけど……それで本当にいいか？　もし嫌なら他の方法を考えるけど」

『ウウン、イイノ。ニンゲン困ラセテゴメンネ。スコシマエノ嵐デ、ココニオ水ガタマルヨウニナッタカラ、オカアサンココデボクヲ産ンダンダッテ言ッテタカラ』

じゃあ集落へ続く流れを止めたのは、アースドラゴンの親子じゃないのか。

たまたまいい場所ができたから、ここで産卵したんだな。

本人の承諾も得られたし、鱗が生えるまでと指定してスキルを使う。

「〈成長促進〉」

子竜の体に負担がかかるかどうかもわからないけど、一瞬と言いつつ少し緩やかになるよう成長させた。

額にある母親の鱗から広がっていくように、こいつ自身の鱗が生えてくる。

鱗以外にも変化があった。

まず体が大きくなった。

鼻先から尻尾の先まで二メートルを超えただろうな。体高も一五〇センチほど。

それにウーパールーパーだった外見も、丸みを帯びたフォルムのドラゴンっぽくなっている。

『ウワァ、本当ニ鱗ガハエタ！　スゴーイ』

子竜は自分の体を触って、鱗の感触を確かめたりしている。

「どうだ？　体が痛いとかはないか？」

『ウンッ、大丈夫ダヨ』

子竜が水から上がって、今度は外に出たいという。鱗をしっかり乾かすんだとか。

「わしらが掘った穴だと、この子は通れないモグなぁ」

『ア、大丈夫。ボク自分デヤレルヨ』

そう言うと子竜は、ドリュー族が掘った穴の方へ歩いていった。

穴の前で立ち止まり、ドスドスと足を踏み鳴らす。

すると穴がひと回り大きくなって、彼も通れる大きさに。

「い、今のどうやったんだ？」

『魔法。土ノ精霊魔法ダヨ。ボク、アースドラゴンダカラネ』

と、彼は鼻を鳴らして得意気に言った。

はは。こんな小さくても、さすがドラゴン……か。

地上に出てから、湖から続いていた通路の先を探してみることに。

すると見つけた。

「あれが川なのね！」

「本当に水が流れています。でも、下ではこんなの見たことありません。どうしてでしょう？」

地底湖の先にあった、干上がった川。

崩落で水が流れなくなっていたが、その先を地上から辿ってみると小さな滝を見つけた。

滝つぼに岩が突き刺さるようにして立っているのをみると、あの下に地底湖へと繋がる空洞があるんだろう。ドリュー族の意見も同じだった。

岩に当たって跳ねた水が、放射線状に水の筋をいくつも作っている。

川……と呼べるようなものじゃない。こんなんじゃ麓まで届くわけないよな。

「広く浅く流れているせいで、途中で蒸発したり土に吸収されたりしているんだろうな」

せめてまとまって流れていれば、多少は麓まで届いたかもしれない。

いや、この気温じゃ難しいか。

地下を流れていたからこそ、麓まで届いていたのだろうし。

その地下の水路を塞いでいた岩も、子竜の精霊魔法で既に撤去済み。

これで麓の集落まで水が届くだろう。

あとは。

「わしらが地底湖に届く水路を新しく掘るモグよ」

「なぁに、そう深くは掘らなくていいし、一日でなんとかなるモグよ」

ならその間に俺たちは考えることにしよう。

子竜をどうするか、を。

『ボクヲ捨テルノ？』

「す、捨てるわけないでしょ！」

「そうです！　捨てたりなんかしません」

「「ね？」」

ダメだこりゃ。二人は完全に子竜にメロメロだ。

確かにドラゴンというには厳つくないし、全体的に丸く、ぽちゃぽちゃっとしてて……あぁ、うん。かわいいね。

それに捨てるのかと聞かれたら……。

あの時の、この世界に召喚された時の自分を思い出してしまう。

砂漠に捨てられた自分のことを。

俺はルーシェとシェリルに拾われた。だから生きている。

こいつにも拾ってくれる人が必要だよな。

だけどドラゴンだ。成長すれば巨大生物になる。

「ドラゴンって、大人になるのに何年ぐらいかかるんだろう？」

「え？　まさか成長させる気じゃ⁉」

「いやいや、そうはしないよ。ただこの子はドラゴンだ。どうやったって巨大になるに決まってるだろ？　集落に連れていって体がデカくなったら……」

「そう、ですね。この子が暮らすには、あそこは狭過ぎますね」

そう、狭いんだ。

砂漠から集落へ入るための渓谷は狭い。今のサイズでもギリギリだろう。

この子には翼がない。穴の底に横たわった、この子の母親にも翼はなかったと思う。

飛ぶことができないのに大きく成長したら、集落から出ることができなくなってしまう。

「翼でもあって飛べるっていうならまだしも」

『翼アルヨ』

「そっか、あるのか……ん？」

子竜がふんすと鼻を鳴らして、自慢気に背中を見せた。

翼？　つば……さ、どこ。

『ンンー』

なんか息みだすと、背中の一部が捲れ——いや、翼だ！

折り畳まれていると気づかないもんだな。

にしても……。

「ちっさ」

『ガァーン！』

「ちょっとユタカ、かわいそうじゃないっ」

「そうです！　この子はまだ子供なんですよっ。きっとこれから大きくなりますっ」

『オオキクナルモン』

いや、無理だろ。

母親にも同じように翼があったかもしれないが、俺的にはないように見えた。

ってことは退化するか、ちっさいままのどちらかだ。

まぁ体は成長しても、翼は成長――成長？

いや。肉体的な成長には寿命がついてまわる。

翼だけ成長させても、そこだけ老化するのが早まるだけだ。

「ドラゴンならきっと何百年と生きるモグから、成長にも時間がかかるんじゃないモグか？」

汗を拭きながらトレバーたちドリュー族が戻ってきた。

何百年、か。

そりゃドラゴンだもんな。人間と同じ寿命だとはとても思えない。

「ユタカくん、この前話したヤギのことモグが、彼なら詳しいことを知っているかもしれないモグよ」

「へぇ、ヤギが……や、ヤギが？」

物知りのヤギ？

え？

ひとまずヤギのことは忘れて、子竜を連れて戻ろう。

今頃地下水も集落に届いている頃だろう。きっと大騒ぎになってるぞぉ。

「っというわけで連れてきたんだけど……」

『ツイテキタヨ』

呆然とする集落の人たち。

「ア、アース……え？　アー、え？」

うん。なんかオーリが壊れてしまったようだ。

大人たちは目を点にしているけれど、子供たちは違う。

「うわぁぁ、おっきなトカゲだぁ」

『ボクトカゲジャナイヨ。ドラゴンダヨ。スゴイデショ？』

「すごーい！」

『エッヘン』

驚くよりも好奇心の方が増したようだ。

子竜も凄い凄いと連呼されて、まんざらでもない様子。

にしても、集落の様子は普段と変わらないな。

水が大量に出てきたら大騒ぎになると思ったんだけど。

「オーリ。水量増えただろ？」

「ドラ――ん？　水量か？　いや、普段通りのはずだが」

「え？」

ど、どういうことだ。

急いで見に行くと、確かに普段通りだ。

「そんな……」

「ど、どういうことなの？」

ルーシェとシェリルが、不安そうな顔で水が流れ出る穴を見つめた。

おかしい。あそこから集落まで半日の距離だ。

俺たちが歩いて集落まで戻ってくるより、水が流れてくる方が絶対早いと思ったのに。

『ドウシタノ？』

「ん、いやな……せっかくお前に地底湖から出てもらったのにさ、水が、な」

『オ水。少ナイネェ』

「地底湖のお水は、ここと繋がっていなかったのでしょうか？」

「え？　だったらどこに流れていったの？」

さぁっというようにルーシェが首を傾げる。

いや、そんなはずはない。だってトレバーが水を辿って見つけてくれた地底湖だ。偶然なんてことがあるはずがない。

そのトレバーが穴を見上げて唸る。

「むぅーん」

「おかしいモグなぁ」

「もしかして、どこか塞がっている箇所があるんじゃ？」

ドリュー族は穴を見上げ、鼻をひくひくさせている。

「水のニオイは前より強くなっているモグ。近くまで来ているはずモグが」

「近い位置で塞がっているかもしれないモグなぁ」

近いのなら、なんとかできないだろうか。

『ネエネエ、チョット見テキテ欲シイノ。ウン、ウン、ソウ』

「いや、見に行こうにも穴が小さいから……い、今のって、俺に言ったんだよな？」

『チガウヨ』

違う？　じゃ、子竜はいったい誰と話をしていたんだ。

ルーシェでもシェリルでもなさそうだし、ドリュー族……も違うな。

誰だろうと辺りを見ていたら、急にずんっと壁の内側が揺れた。

「な、何だ⁉」

「何でしょう。奥の方で揺れた気がしますが」

『オ水クルヨ』

「え、水が？」

『ウン』

そう言ってから子竜はぽてぽてと歩き出して、崖の――穴の傍から離れた。

それとほぼ同時に、ごぽごぽという音が穴から聞こえ始める。

水が……来る!?

「みんな、今すぐここから離れるんだ！」

「え、何？」

「いいからっ」

「ユ、ユタカさん？」

ルーシェとシェリルの手を掴み、慌てて横に駆け出す。

ドリュー族は既に避難済み。子竜の言葉の意味をすぐに理解したんだろう。

集落の人たちも俺が慌てたことで、みんな左右に散った。

そして――ごぽごぽ、ゴゴゴゴォっと地鳴りのような音が聞こえた後、崖に開いた穴から土砂が噴き出した。

「うわっ」

「ど、泥ですか？」

「なんで泥なんか……もしかしてあれが詰まってたの？」

「そうモグな。まだ近づいちゃいかんモグよ。ほら」

茶色く濁った水がぶしゃーっと噴き出す中、その濁りは段々となくなって、ついには透明の水になった！

水の勢いは少し収まったけれど、それでも小さな滝と言えるほどの量は出ている。

ふぅ、よかった。やっぱり地底湖の水はちゃんとここに流れてきていたんだな。

「これで水の心配もなくなったな」

そう言って振り返ると、ルーシェもシェリルも、そして集落の人たち全員、大人も子供も、滝をじーっと見つめていた。

なんか、固まってる？

「ど、どうしたんだよ、みんな。嬉しくない、のか？」

返事がない。

お、おい、本当にどうしちゃったんだよ。

心配になってルーシェの肩に触れると、彼女は突然、俺の胸に飛び込んできた。

「ル、ルーシェ!?」

ルーシェは肩を震わせている。

泣いているのか。

「本当に……本当にお水が……こんなにたくさんのお水がっ」

「ルーシェ……。うん、もう水で困ることはないはずだから」

「はい……はい」

すぐ隣ではシェリルが、こちらも涙を浮かべて嬉しそうに笑っていた。

彼女の頭を撫でてやると一瞬驚いて俺を見たが、視線を逸らしながらも頬を染めて撫でられるがままに。

「ユタカくん」

「あ、オーリはご遠慮ください」

「な、何をだいっ。言っとくが年下の少年に撫でられて喜ぶような歳でもないからな」

「それはよかった」

「ふふ。何ですかそれ」

「もう、笑わせないでよ」

笑わせなくても、もうみんな笑顔だよ。

よかった。これで水の心配をしなくて済む。

「子竜、ありがとうな。それにドリュー族のみんなも」

こうしてみんなが笑顔になったのも、ドリュー族と子竜のおかげだ。

そこで改めてみんなにお願いをした。

子竜をここに置いてやってほしいと。

「こいつは俺たち人間よりも大きいけど、ドラゴンとしてはまだまだ子供。だけど親はもう、いない……ひとりで生きていくには、厳し過ぎるんだ」

「そ、そうです」

「むしろ赤ん坊も同じよっ」

ルーシェやシェリルも必死に懇願する。

「お願いだ。あいつをここに置いてやってくれ」

「お願いします、みなさん」

「お願いいっ」

俺たちが頭を下げてから少し間があって、

「待った待った。頭を上げてくれ三人とも」

「そうだ。水が出たのも、この子が何かしてくれたからだろう？」

「君と同じで、その子は集落の恩人だ。追い出せるわけがない」

じ、じゃあ⁉

「もちろん、誰も反対はしない。だがドラゴンってのは、いったい何を食べるんだ？　その……やっぱり肉、なんだろうか？」

反対はしないものの、そこは心配しているようだ。

肉を好むのであれば、大きくなった時に人を襲ったりするんじゃないかってことだろう。

だが心配無用だ。

「あいつの好物は」

「こ、好物は？」

インベントリからそれを取り出す。

鮮やかな緑色をしたソレを見て、子竜が駆けてきた。

『レタスダァァ』

俺が掲げたレタスに、子竜が嬉しそうにかぶりついた。

そう。どうやらこの子は草食ドラゴンのようなんだ。肉には興味を示さず、葉物野菜に目を輝かせる子だった。

ただ実際はどうかわからない。今は草を食ってるだけで、成長すれば肉食に変わることもあり得る。ドラゴンの生態は知る必要があるよな。これから一緒に暮らすのだから。

「さ、お前の家を成長させるか」

『ボクノオウチ？』

俺たちと同居するには、この子は大き過ぎる。

まず、入口の扉を通れない。

だから俺たちが住むツリーハウスのすぐ隣に、この子用のツリーハウスを成長させることにした。

入り口は広く、扉は不要。二階もとりあえずいらない。床はなしで、土がむき出しの方がいいだろうな。

「〈成長促進〉」

ぐ、ぐぐぐっと成長したツリーハウスはなかなか幹が太く育ってくれた。

中は指定通り、扉と床はなく、土がむき出しの状態だ。

驚いたことに幹のこぶがこちらの幹とくっ付いて、連結してしまっている。

「中で繋がったのか」

「まぁ、扉が新しくできていますね」

「これなら家の中からでも、この子の様子を見に行けるわね」

なんて有能なんだ、ツリーハウス。

『イイニオイスル』

「木のニオイだ。床も木にできるんだけどな」

『コノママガイイィ』

アースドラゴン＝大地の竜だ。思った通り、土の上の方が落ち着くらしい。

「ふふ。これでドラゴンちゃんのお家もできましたね」

『ウンッ。アリガトォ～』

「どういたしまして。ところで、ドラゴンちゃんってのも呼びにくいな」

「じゃ、あんたが名前をつけてあげなさいよ」

「賛成です。どんな名前になさるんですか、ユタカさん？」

お、俺が考えるのか？

名前……名前……太郎──治郎──小太郎──うぅん。

アースドラゴン──アース──大地。

俺の苗字と同じだな。

でも「ダイチ」っていうのは名前には向かないなぁ。

だったらまだアースの方がしっくりくる。

「そうだな……アス、なんてどうだ？」

「アス……まさかと思うけどあんた、アースを縮めただけなんじゃ」

「何故わかった⁉」

「真面目に考えなさいよっ」

「いやいや、わりとまじめだって。こいつはアースドラゴンだろ？　アースって、大地って意味じゃないか。そして俺の苗字も大地だ」

そこから先はまぁ、縮めただけなんだけどさ。

「ユタカさんと同じ名前……とてもいいと思います。ね、シェリルちゃん」

「ま……まぁ……そういう意味があるっていうなら、いい……と思う」

『オ兄チャントオナジ名前？』

「そ。俺の名前は大地豊っていうんだ」

『大地ヲユタカニスル人間？』

やめろっ。そんな純粋無垢な顔して、俺を弄らないでくれ。

「ど、どうだ？　アスって呼んでもいいか？」

『イイヨ』

あ、あっさりだな。

でも他にいい名前なんて思いつかないし、受け入れてくれてよかった。

それにアスにはもう一つ意味がある。

アス……明日。

未来だ。

さすがにこれはカッコよ過ぎて、三人には言えないなぁ。

恥ずかしいから……。

「アス、これからよろしくね」

「ここがあなたのお家ですよ」

『ウン。ボクノオウチ。木ノオウチ』

アスはツリーハウスを気に入ってくれたようだ。

帰宅したばかりで疲れてるのもあるし、今日はここまで——とはいかず、レタスを二十玉成長させられた。

アスは一日三食ではなく一食だけ。

ただしその一食でレタス二十玉だ。

まぁ体の大きさから考えたら、二十玉で済んでいるとも言える。

成長していくと、いったいどのくらい食べるようになるのか。

ドリュー族。アースドラゴン。

集落に新しい住民が増えた。これからますます賑やかになるだろう。

水の問題も解決したことだし、次にやるべきは食料問題。

土だ。土壌改良するぞ‼

閑話一　その頃……

「これが十階層のドロップアイテムか？」

「はい。こっちはホブゴブリンの角で、こっちは……まぁ見たまんまで、スケルトンの骨だそうです」

「冒険者には口止めをちゃんとしたのだろうな」

「も、もちろんだよ皇帝くん。ギルドより三割増しの金額で買い取ってくれるからって、喜んでたよ」

王都からほど近い迷宮都市に、彼ら異世界人の少年らは来ていた。

というより、行かされたというべきか。

実戦経験を積み、スキルの熟練度を上げるために迷宮都市へ連れてこられた彼らだが――。

クラスの中心人物である荒木皇帝、伊勢崎金剛（キング）、諸星輝星（ダイヤ）ら三名は、努力というものを嫌う。

自分たちは努力しなくても才能がある。だからする必要はないと考えていた。

確かに彼ら三人は、文武両道タイプだ。

努力しなくても人並みより少し優れた人間だ。

そう。少し、だ。

少しで補えない部分はどうするのか――金だ。

金で解決すればいい。

そして彼らは、異世界でも金で解決できることを知った。

「大臣。これが今日の戦利品だ」

「おぉ。お見事です、シーザー殿」

「こんな物が何の役に立つって言うんだい？」

「まぁ素材としては対して役には立ちません。みなさまが迷宮で鍛錬を行っているという証拠の品としてお持ちいただいているだけですので」

ぶくぶくと太ったこの大臣が、彼らの世話係となっている。

大臣は少年らが迷宮に行っていると信じて疑わないが、実は彼らは迷宮には行っていない。

いや、一度は大臣の部下たちとともに行った。

迷宮の一階にはゴブリンやスライムといった、お馴染み（なじ）の雑魚（ざこ）モンスターのみ。

皇帝らは内心ビクビクしていたものの、あっさり勝利。

なお、実際に戦ったのは非戦闘スキルを授かった五人だ。

「雑魚相手に僕たちが出る必要はないだろう。あちらの世界でも僕らは、鈴木（すずき）たちより上位の存在だったのだからさ」

鈴木というのは、生産スキルを授かったクラスメイトだ。

皇帝の言葉を鵜呑みにした大臣の部下たちへ、彼らは更にこう告げた。

「君らの同行は必要ない。心配してくれているのだろうが、僕らは大丈夫だから」

「それとも、俺たちを信用できないのか?」

「ボクらは異世界から召喚された勇者だよ? そんなハズ、ないよねぇ?」

そう言われては反論できないし、何より自分たちもその方が楽なので助かる。

そうして「ダンジョンモンスターの素材を、討伐証拠としていくつか持ち帰って見せる」という約束を交わし、大臣の部下たちは迷宮への同行をやめた。

で、皇帝らは人相の悪そうな冒険者に声をかけ、モンスターの素材を取ってくるように依頼。

もちろん、冒険者ギルドを介さぬ非公式な依頼だ。

お金は毎週、彼らを召喚したゲルドシュタル王国から貰っている。

結構な額だ。

本来なら迷宮で使用する消耗品や武具の修繕にと用意した金銭なのだが——行っていないのだから使うこともない。

更に非戦闘スキルを授かったクラスメイトらに働かせ、そのお金も使っている。

モンスター素材を買い取る程度なら、造作もない金額が三人の手元にはあった。

三人以外の戦闘スキル持ちはというと、好んで迷宮に入る者もいる。

せっかく来た異世界なのだから、冒険してみたい——という軽いノリで。

そんなわけだから、地下一階で安全にゴブリンやスライムを倒して満足する。

しかも支給されたお金は全て皇帝らに握られているため、消耗品ゼロで迷宮に潜らなければならない。

危険を冒してまで地下に潜ろうとは、誰も思わなかったようだ。

それでも数人が迷宮に潜っているおかげで、大臣らは異世界人が真面目に鍛錬していると思い込んでいた。

「なぁ、たまには俺らもダンジョンに入ってみないか？」

「金剛、いったいどうしたんだ」

「こうさ、スキルを使って無双するのも楽しそうだなと思ってよ」

「結果がわかり切っているのに、わざわざやる必要があるのか？　僕らが圧勝するに決まっているだろう」

「ダンジョンのモンスターを死滅させたら、冒険者がかわいそうじゃないか」

「はははは。輝星の言う通りだ。でもまぁ、金剛が行きたいというなら一度くらい付き合ってやってもいいよ」

迷宮都市に来て一カ月。ついに三人は迷宮へと潜った。

もちろん、手下である他のクラスメイトを連れて。

地下第一階層――ゴブリンが現れた。

「ゴブリンだ。いつ見ても醜いな」

皇帝がゴブリンを見たのは、この町に来た初日だけ。

大臣の部下が同行していた一日だけだ。

「小林。あいつは君に譲ろう。戦闘スキルを授かったとはいえ、凡人の君には訓練が必要だろう。雑魚が相手なら安全だ」

ということで、他の戦闘スキル持ちのクラスメイトに押し付ける。

先へ進むと、次にスライムが現れた。

掌サイズの小さな奴だ。

「よし、俺に任せろ。さぁモンスターめ、かかってこい！　俺様の完璧な防御を崩してみろ」

金剛のスキルは〈剛腕鉄壁〉。

鉄のように肉体を硬くし、どんな攻撃からも身を守る。

と同時に一定時間怪力となって、硬い拳から繰り出されるパンチは大岩をも砕く――とスキル鑑定にはあった。

だが金剛が今相手にしているのは、一匹のスライムである。

しかも手のりスライムだ。

スライムが金剛の腹に当たって、弾むように跳ね返る。

スキルによるものなのか、それとも……この世界に来てから食っちゃ寝生活をしていたことで太ったからなのか。

それは神にもわからない。

「はっはっは。痛くなーい、痛くない」

「じゃあボクが止めを――」

「おいおいおいおいおい、やめろ輝星！　お前のスキルは隕石を召喚するヤツだろっ」

「ははは。僕たちまで巻き添えを喰らうな」

「あぁ、そうだった。悪かったよ」

それ以前に地下では〈隕石召喚〉――メテオストライクは使えない。

教えてやれよと誰もが思っているのだが、誰も言わない。

結局三人はモンスターを一匹も倒すことなく、三十分ほどで探索を終了。

「地下一階は温いな。せめて地下百階まで一気に下りることができれば、僕らの活躍の場もあるのだろうけれど」

「地下百階まであるのか、ここ？」

「さぁ？」

そうして迷宮から戻ってきた彼らを見て、大臣は笑みを浮かべる。

熱心に鍛錬をしているな――と勘違いして。

大臣は喜んでいた。

王女の愚痴を聞かされることもなく、ただこの迷宮都市でぐーたらしているだけでお給金が貰えるのだから。

異世界人をただ見ているだけでいい。

こんな楽な仕事はない。

だが彼は知らない。

異世界人らがほとんど鍛錬などしていないことを。

毎日持ってくるモンスター素材は、冒険者から買い取っていたものだということも。


そして王都では——

「穀物庫が全焼したですって⁉」

「も、申し訳ございません。こ、今年は雨量も少なく、乾燥しておりましたので一気に燃え広がりまして」

国内各地から送られてきた小麦を納めた倉庫が燃えた。

王都で暮らす国民の食卓を支える大事な小麦だ。

もちろん、城で暮らす貴族や王族にとっても大事な小麦だ。

それが全焼した。

「すぐに各地から追加の小麦を送らせなさいっ」

「し、しかし――今年は想定外の災害続きで収穫量が……隣国から食料の買い付けを検討されるべきでは？」

「そんなことをすれば、我が国が食糧難だと思われるでしょう！　冗談じゃないわっ。地方民へ分配する量を減らしてでも、王都に食料を回しなさい。これは王命ですわよ」

「……しょ、承知いたしました。アリアンヌ王女」

誰も口にはしないが、誰もが思っているかもしれない。

このままでは立派な食料難になる。

あの時の、農業チートスキルを授かった異世界人をぽい捨てしなければよかったのに――と。

そして今回の決定を受け、地方貴族の王女に対する不信感が更に増す。

病に伏した王に代わって無断で玉座に就くわ、とにかく我儘(わがまま)で傲慢な態度は多くの貴族からも反発を受けていた。

そこへきて今回の決定だ。

王女の支持率は右肩下がりどころか、急下降。真っ逆さまだ。

大逆転のチャンスはあるのだろうか？

第四章　ヤギのおじさんがやって来た

「この辺りでいいかな」

集落にアスが来てから十日ほどは、本当に忙しかった。

崖から滝のように流れる水を少しでも無駄にしないよう大きな水桶を作ったり、ドリュー族側へ水を運ぶための竹の水道管を作ったり――いろいろやってたらあっという間に十日が過ぎていた。

再び山に入った俺とルーシェとシェリル、それからアスは、ヤギを探した。

ドリュー族曰く、どうしても会いたい時には山で呼べば来てくれる――こともあるらしい。

どう呼ぶのか。

「おおぉぉぉおーい、ヤギさんやあぁぁーい」

「ヤギさぁ～ん」

「出てきてよぉ～」

『ヤァーギィー』

いたってシンプルに大声で呼ぶ。

「美味しいニンジンがあるぞぉぉぉぉぉ」

「キャベツもありますよぉ～」

「ハクサイもあるわよぉ～」

『レタスハアゲナイモン』

「いや、分けてやろうよ。な？」

『ヤッ』

まぁヤギがレタスを食べるのかはわからないが。

一晩待って現れなければもう少し奥に進もうと思ったんだが――。

種の心配がなくなったのもあって、ツリーハウスを成長させて中で休んでいた。

すると夜中だ。

ツリーハウスの扉をノックする音で目が覚め、男の声が聞こえた。

「ニンジンをくれんのか？」

……え？

再びノックする音が聞こえる。

「きゃべつとはなんだ？」

……え？

どこのどなた？

「はくさい……うぅむ。寝てんのか」

こんな夜中に、それにこんな山の中でいったい誰が。

そぉっと扉に近づいて覗き窓から外を見てみる。

ん？

何だろう。横に長い黒い線が見えたり、消えたりしているな。

いや、待て……。

線が遠ざかると、その正体がわかった。

「ヤギいぃぃぃぃっ」

「ンヴアアァァァッ」

「「ビックリした」」

――ん？

俺以外にも誰かが喋った？　まさか……いや、まさかな。

きっと羊飼いならぬ、ヤギ飼いがどっかにいるんだろう。そうに違いない。

どこか不安を感じながらも、ゆっくり扉を開ける。

ヤギがいる。

俺が知っているヤギと同じだ。大きさもビッグじゃなく、普通のヤギだ。

なんか安心する。

「おぉぉっ、人間じゃねえか！」

「ヤギ……ヤギが喋ったあぁぁぁっ！」

前言撤回。俺の知っているヤギと違ぁーう‼

「おぅ兄ちゃん。きゃべつってのは何だ？」

さっきまで普通っぽく見えたヤギが、ニィっと笑う。

この世界に普通は存在しないのかよ。

はぁっとため息を吐いた頃、ルーシェとシェリルも起きてきた。

「な、何その生き物⁉」

「いや、あの……」

「オレぁ見ての通りヤギだ」

いやおかしいだろそれ。

「まぁ、そうなんですね。初めましてヤギさん」

「おう。礼儀正しい嬢ちゃんだ。よろしくな」

ヤギを見たことない二人は、これがヤギなんだって普通に受け入れたじゃないか。

もしかして異世界のヤギは喋るのが当たり前とか？

「何よ、ヤギが話せるなら先に教えてくれてたらよかったのに」

「いや、それは……何ていうか」

「どうかしましたか？」

「もう、ハッキリしなさいよ」

そう言われても……喋るヤギなんて想定外なんだよ。

てっきりドリュー族がヤギ語を理解しているのか、それか言葉は通じなくても意思の疎通ができてるだけなのかと思ったんだ。

「ふっ。人の常識ってぇのは、時に役に立たねぇこともある」

「……ヤギにそう言われてもな」

「まぁ細けぇことは気にするなってこった」

気にするよ。特にその口調もな。なんで江戸っ子訛りなんだよ。

いろいろ腑に落ちない点もあるが、ここはひとまずやるしかない。

「キャベツでございます」

「おぉ！　見たこともねぇ葉っぱだ。では失礼して――」

やるべきことは、接待だ。

ツリーハウスの外には、十匹のヤギがいる。そのうち四匹は仔ヤギだ。

見た目も大きさも俺が知るヤギと同じ。

そして何故だか、黒い雄ヤギ以外は言葉を話さない。

やっぱりこいつが普通じゃないんだ！

他のヤギは眠たそうにしている。仔ヤギなんて完全に熟睡だ。

ヤギって夜行性ではなかったはずだもんな。

そんな中、月明かりの下でパリパリという音が響いた。

「んっ。これは美味い！　シャキシャキとした噛みごたえ、ほんのりと甘みもあって、実にデリシャス」

キャベツの食レポ？

「はくさいは？」

「あ、はい。今用意します」

種を取り出して、さっそくスキルで成長させる。

「ん、んん？　お前ぇ、面白いスキルを持ってんな」

「あ、あぁ。成長促進といって、成長スピードを俺の意思でコントロールできるスキルなんだ」

「ほぉ……ほぉ」

な、なんだ？

最初の「ほぉ」は感嘆するような発音だったが、二度目の「ほぉ」はなんか違う。

心なしか笑っているようにも見える。

「は、白菜です」

「うむ、実食――んむ、んむんむ。緑の部分は柔らけぇな。白い部分も先ほどのキャベツと比べると肉厚で、歯ごたえがあるものの弾力もある。不思議だ」

「鍋に入れて食べると美味いんですよ」

「鍋か。うむ。しかしヤギは生の方がいい」

「まぁ、そうですよね……」

ヤギに鍋料理勧めたって食べるわけないか。

「それで、オレ様に何の用だ？」

「え、あ……えっと」

喋るヤギに、アスとの出会いを話す。ついでに眠っているアスを起こして、こっちに来てもらった。

「なぁるほどねぇ。アースドラゴンか」

『ンン、ボクネムイィ』

「ごめんな、アス。もう寝ていいぞ」

大きな欠伸(あくび)をしてから、アスはツリーハウスの中に戻っていった。

「孵化(ふか)して五年といったところだな。元々はこっからずっと東の、砂漠の端にある山脈にいた雌のアースドラゴンが、訳アリでこの山に移り住んでいたんだが……」

アスが眠ってしまったのを確認してから、ヤギは会話を続けた。

「こいつが人間と一緒にいるってぇことは、母親は」

目を伏せ、それから首を左右に振る。

「そうか。雌のドラゴンは卵を産んだ直後に、体力と魔力がごっそり削られるもんだ。それを狙って喰らおうって奴らは多い。卵にも栄養があるからな。そうか……あのお嬢さんが……」

言い終えるとヤギは、小さくため息を吐いて眠っているアスを見た。

口ぶりからすると、アスの母親のことを知っているようだな。

「かわいそうになぁ。ひとりぼっちになっちまったか」

「ひとりじゃありません、ヤギさん。私たちがいますもの」

「お前ぇらが？」

「親を亡くしたばかりなのに、置いていけないだろ？」

本人も置いていかれるのを不安がっていたし。

それを話すと、ヤギは笑い出した。

すると眠っていた雌のヤギが目を覚まして、彼を一喝。途端に彼はしゅんとなって、静かになった。

完全に尻に敷かれているな。

「おほん。それで、何が知りてぇんだ？」

「アスは――アースドラゴンは、何年ぐらいでどのくらい体が大きくなるのか知りたいんだ。今俺たちが暮らしているのが――」

集落の大きさ、そこに出入りするための渓谷の幅などを伝え、何年ぐらいでアスが出入りできなくなるのか知りたい。

そうなる前によそへ移す必要があるから。

「渓谷が狭ぇな。それだと十年ぐらいで通れなくなるだろうよ」

十年……思ったより長いような気もする。

「けどな、十年程度じゃひとりで生きていけねぇぜ。ドラゴンってぇのは長寿な分、成長も遅い。自分で自分の身を守れるようになんのに、最低でも三十年は必要だろう」

「三十年も!?」

今の俺は十七歳で、三十年後といえば五十代目前だ。

「それこそお前ぇのスキルで一気に成長させてやりゃいいだろう」

「それをしてしまうと、寿命も短くなってしまうんだ。それに――」

肉体を成長させても、精神年齢がそれに伴わなくなってしまう。

成長過程の記憶もない。だって一瞬だからな。

アスはもう、五年分の寿命を一瞬で失っている。

ヤギが孵化から五年と言ったのも間違いで、実際は半年ほどだとアス自身が教えてくれた。

生かしてやりたいのに、これ以上寿命を奪いたくない。

そう話すと、ヤギはまた笑った。

そして雌にまた怒られていた。

「おほん。まぁちゃんと考えてはいるようだな。ならデカくなる前に、安全かつ広い住処を探してやりゃあいい」

「安全な場所かぁ。こいつが空を飛べればいいんだけど」

「おいおいアースドラゴンだぜ？　飛べるわきゃねぇだろう。翼だってねぇんだからよ」

「いや、翼ならあったよ」

「あ？」

眠っているアスを起こさないよう、翼をそぉっと持ち上げて見せた。

「ンボァア!?」

驚いたヤギが大きな声で叫ぶ。

そして雌に怒られるまでがワンセットだった。

翌朝――
「ニンジンは細長くしてくれ。あぁぁ、そいつは細過ぎだ。歯ごたえってのが大事なんだからよ」
目を覚ました雌ヤギと仔ヤギのために、黒い雄ヤギの指示で食事の準備をする。

やれ細いだの太いだの、注文が多い。

「その白菜は緑の部分と白い部分を切り分けてくれ」

「面倒くさいなぁ」

「ひと様の女房の乳を寄越せってんだ、それぐれぇで文句言うんじゃねぇっ」

おい、言い方ってもんがあるだろう。

ミルクが欲しい。そう頼んだらこれだよ。

ルーシェが手際よく野菜をカットしていき、それを俺とシェリルでヤギたちに配って回る。

食事が終われば、とうとう乳搾りだ。

「オレ様の女房たちの乳に触らせてやるがなぁ、変な気を起こすんじゃねえぞ」

「起こさねーよ！」

「ならいいが……まぁお前ぇも若い雄だ。女房たちの色香にクラッとすることも――」

「ないから‼」

何を言っているんだ、このヤギは。

どうやらこいつ、めちゃくちゃ奥さんたちが大好きみたいだ。

歯の浮くようなセリフを、朝から何度聞かされたことか。

「ところでさ……俺、乳搾り初めてなんだけど？」

ルーシェとシェリルに助けを求めると、当然彼女らも未経験なわけで。

「そ、そもそもち……ち、搾りなんて、どうやるのかわからないし」

「ユタカさんはやったことはなくても、どういうものなのかご存じなのでしょう？」

「だからあんたがやってよ」

ってことになる。まぁ仕方ない、やるか。

隣で「もっと優しく！」「そこだ！　そこを引き絞れ！」と、雄ヤギがうるさい。

だけど最初は全然出なかった乳も、だんだんとコツが掴めてなんとか鍋半分ぐらいの量になった。

「そのままじゃお前ぇら人間は、腹を下してしまうだろう」

そう言って雄ヤギが鼻先を鍋にくっ付ける。

なんかキラキラしたような気がしたが……太陽の光を反射しただけか？

「あとは一度沸かせ。そうすりゃ飲めるだろうよ」

「お、おう。ありがとう」

「なぁに、どうってことはねぇ。それよか、たったそれぽっちの乳で足りるのか？」

「いや、実は足りない。できれば集落の人たちにも飲ませてやりたいし」

それからチーズも作りたい。

「そうか。だったらものは相談だがなぁ」

「ん？」

ヤギが――いやヤギたちが、にぃっと笑って俺を見つめた。

――で、こうなる。

「乳が欲しくなる度に山に登んのは大変だろう。オレらだってその都度呼び出されるのは面倒くせぇ」

「ってことで、ヤギが集落に引っ越すことになったんだ」

集落に戻ってくると、初めて見るヤギにみんな驚いた。

ヤギの相談ってのは、ある意味提案みたいなものだ。

こちらからは安定した食事の提供。

あちらからは乳の提供。

その取引をしやすくするために、人間の集落に移り住むというものだった。

「そ、それは構わないが、家はどうするんだい？　十人もいると、かなり大きな家が必要だろう」

もしかしてオーリ、ヤギを人と同じ種族みたいに考えているとか？

まぁ人間の言葉を話しているし、勘違いはするだろうけど。

「おぉ、ツリーハウスか。ありゃ古の時代に絶滅した植物だと思っていたが、まだ残ってたんだな」

「え、そうなのか？」

「オレ様も見るのはせん――いや、何でもねぇ。それでよ、オレらにもあの家をくれるってぇのか？」

「……小屋でよくね？」

「イヤだぁあぁぁぁ。ツリーハウスがいぃぃぃぃぃ」

駄々っ子かよ！

急に雄ヤギが跳ねだすから、他のヤギたちも一緒になって跳ねだして大騒ぎだ。

「わかった。わかったから跳ねるなってっ」

「大所帯だからな、二軒頼む」

ヤギのために家を成長させることになるとは、思わなかった。

ヤギたちの家は、岩塩洞窟のある場所に植えることになった。

塩はヤギにとっても大事なもの。

それに、少し高い所の方が落ち着くらしい。

崖の上り下りを子供たちに練習させるのにも、いい位置だからと。

「ここからなら、お前ぇらの呼ぶ声も聞こえる。女房の乳が欲しけりゃ、呼んでくれ」

「わかった」

「間違っても女房の乳に触りたいだけで呼ぶんじゃねーぞ」

「呼ばねーよ‼」

だからなんで人間がヤギ相手に……。

「奥様をとても愛していらっしゃるのですねぇ」

「面白いヤギおじさんね。あ、ところで名前はないの？」

おっと。この流れはまさか——命名式⁉

「名前か……まぁあるっちゃーあるが……そうだな、バフォおじさん——とでも呼んでくれ」

……ん？

「バフォおじさんね、わかったわ」

「ふふ、よろしくお願いしますバフォおじさん」

「おう、よろしくな。嬢ちゃんたちになら、オレの女房の乳はいつでも搾らせてやってもいいぜ」

バ……フォ……。

「本当⁉　でもまずは練習しなきゃ」

「そうですね。ユタカさんも最初は搾れていませんでしたし」

「まぁコツがいるからなぁ。な、若けぇの」

バフォ……バフォって……。

「おう、どうした？」

まさかバフォメットのことか？

頭はヤギ、上半身は人間で下半身はヤギの……悪魔。

その日の夜、俺は確かめるためにバフォおじさんの家を訪ねた。

いつでもスキルを使う心の準備をして。

「やっぱり来たか。オレの名前を言った時、お前ぇの顔色が変わったのがわかってたからな。

知ってんだろ？」

「バフォメット、だろ。悪魔の」

「おう、そうとも」

隠す気もないらしい。それどころか奴は、体の形を変えやがった。

頭と下半身はヤギで、上半身だけが人間の姿。

バフォメットだ。

「まぁ座れ」

そう言ってバフォメットが胡坐をかいてその場に座る。

心のどこかで怯えながらも、俺も倣って座った。

「オレぁ悪魔だ」

「そう、ですね」

「オレたちバフォメット族は、頭と下半身がヤギなんだぜ」

「う、うん」

「だからよぉ、ヤギとして生きる選択肢があってもいいんじゃねえかって仲間に説いたわけよ」

……は？

「みんなオレを笑いやがった。だからオレぁひとりでヤギになってみたわけよ」

なんでそうなる？

「そしたらどうだ。日がな一日のんびり草食ってりゃいいわけだし、ヤギライフは最高だったんだよ」

「ヤ、ヤギライフ……」

「それにだ。オレんとこの女房、ありゃいい女だぜ。お前ぇもそう思うだろ？」

「……それに関してはノーコメントで」

「んだと！　オレの女だぞっ。魅力がねぇって言うのか！」

とバフォメットが声を荒らげると、ツリーハウス内から「ンベェッ」と雌ヤギの抗議の声が上がった。

「あわわわ。すまねぇ。いや、うん、そうだ。小僧と今大事な話し中でな。うん、うん。静かにするから、うん、お前ぇは寝てろ。ん」

なんだ、これ。

雌ヤギの尻に敷かれるバフォメットって……それでいいのか。あんた大悪魔だろ。

その後、デレデレとしたバフォメットに奥様方との馴れ初めを聞かされることに。

つまりこの悪魔は……ヤギフェチだったわけだ。

あぁ……この世界は平和だなぁ。

「んじゃよ、オレぁもう寝るぜ」

その時にはもうバフォメットはバフォメットではなく、ヤギの姿に戻っていた。

はぁ、俺も寝るか。

翌朝。畑で野菜を成長させていると、さっそくバフォメット——いや、バフォおじさんが朝食を寄越せと言ってきた。

「こいつはダメだ。それとこれ、これもだ」

「へぇ、ヤギってジャガイモやトマト、あとナスもダメなのか」

「腹ぁ下すからな」

バフォおじさんのことは、他の人には内緒にしてある。

彼自身は、言葉を話せることに対して——。

「昔知り合ったドラゴンがな、知識と言語をくれたのさ」

とか説明して、みんなはそれを信じた。

それでいいのか……。

しかしバフォおじさん。さすがにいろいろと物知りで助かる。

この砂漠地帯に来たのは三〇〇年も昔のこと。

それより以前は別の土地でヤギライフを送っていたらしい。

なんで砂漠に来たのか――。

「戦争さ。人間てぇのは、なんで戦争好きかねぇ」

「じゃあ、前に住んでいた土地で戦争が？」

「おぅ。ヤギライフを始めて千年ぐらいだがなぁ、その間に、えぇっと、ひぃ、ふぅ、みぃ……あぁ、ヤギの足だと指折り数えんのができねぇのか」

まぁ……そうだろうな。

「お、そうそう。五回だ。五回オレぁ引っ越してんだ。引っ越しの理由は全部、人間どもの戦争でうるさくなったからだぜ」

千年で五回。ここへは三〇〇年前に来たってことだし、それを差し引いて七〇〇年で五回ってことか。結構頻繁にやってんだなぁ。

「千年前、初めて異世界から人間が召喚されて、魔王がぶっ飛ばされてから平和になるのかと思いきや」

「え!?　千年前にもっ」

そこでバフォおじさんはニタリと笑った。

しまった。

ついうっかり「も」なんてつけてしまった。

「魔王がいなくなると、今度は人間同士が喧嘩をおっぱじめるようになってな」

「そ、それって戦争のことだよな?」

「おぅよ。たまーに異世界人が召喚されて、戦争に駆り出されたりもしたみてぇだぜ」

まさか俺たちを戦争の道具にするために、召喚したってことなのか?

「まぁ運よく、戦争にゃ役立ちそうにねぇスキルを授かって捨てられた奴もいるみてぇだがなぁ」

バフォおじさん、気づいてんじゃねぇのか?

俺見てニヤニヤしてんじゃん。

「ま、オレには関係ねえけどな。美味い飯が食えて、家族を養えりゃそれでいい」

「な、なぁ。バフォおじさんの子供たちって……」

「心配すんな。ただのヤギだ。いたすことといたす際には、ヤギとしていたしてるからな」

いたすことって……えっちだ。

「ちょっとそっち。手伝いなさいよっ」

ヤギに食べさせてもいい野菜とダメな野菜を選別しながら無駄話もしていると——シェリル

に怒られた。

水も潤ったことだし、周辺の緑化計画を進めようとしていたんだった。

地底湖の上にあった滝の周辺には草が生えていた。

水を引いたことだし、この辺りでも草が育つだろうと思って、まずは土を掘り返して柔らかくする作業だ。

トラクターでもあればなぁ。

いや、ここにはドリュー族がいる。

さっそく彼らに声をかけて手伝ってくれないかと頼めば、みんなが、子供たちさえ喜んで協力してくれた。

まずは彼らが爪で土を掘り返した所に、俺たち人間が水を撒く。

瓢箪に小さな穴をいくつか開けて、ジョーロの代用品に。

何度も水撒きを繰り返し、それからバフォおじさんお勧めの雑草の種を植えた。

「こいつぁ少ない水分でもよく育つ。一年草だ。枯れりゃそいつを土に混ぜてやりゃ、肥料にもなるだろう」

「助かるよおじさん」

「なぁに、いいってことよ。さて、オレぁガキどもの教育しに行くか」

「教育？」

「あぁ。新居の周辺のな、危ねぇとこと、遊んでいいとこを教えんのさ。特に砂漠の方は危ねぇし、逃げ場もねぇ。あっちにゃ行かねぇよう、教えなきゃならねぇんだよ」

意外といいパパだな、この悪魔。

「お前ぇもそのうち、子育ての苦労ってもんを知るさ」

「そんな予定なんてないよ」

「女房が二人いるだろう。だったら子供もすぐだ、すぐ」

「にょ、女房⁉」

いったい誰のことを……まさかルーシェとシェリルのことか⁉

「おう、一夫多妻の先輩からアドバイスしてやらぁ」

「いらねぇよっ」

「まぁまぁ、そう言わずに聞けよ。女房とは分け隔てなくいたせ」

「何をだよっ」

なんて話をするんだ、このエロ悪魔め。

「お、噂(うわさ)をすれば」

「ん？　何の噂よ」

「何かありましたか？」

「な、何でもない。何でも。さ、バフォおじさんは教育の時間だろ。行った行った」

「む。オレを邪魔者扱いか？　おぉ、そうかそうか。任せろ。オレぁ空気を読む男だからな」

余計な空気なんだよ、それ。

バフォおじさんがスキップしながら去った後、二人が首を傾げてこっちを見る。

「何の話をしてたのよ」

「空気って、何の空気なのでしょうか？」

「いや、あの……お、男同士の会話なんで」

『ワケヘダテナクイタセッテオジサン言ッテタヨ』

「わぁぁぁーっ!?　ア、アスっ」

いたのかアス。いつから聞いてた？

「いたす？」

「何をいたすのでしょう？」

『ニョー「アス、あっちでレタスを成長させてやるぞぉ」ワーイ』

ちょろいぜ。

アスにはいろいろ口止めしておかないとな。

その日の夜。

バフォおじさんの話と、それから砂漠で野宿した時に触れた二人の柔肌の感触を思い出してしまって……。

眠れなかった。

◇◆

脚力だけ成長させられるなら、パワーだけ成長させることだってできるはず。

わからなければやればいい。

筋肉ではなく、筋力。そこだけ成長するよう指定してスキル発動。

【身体能力を成長させたい時には、それに必要な行動を行う必要がある】

ん？　なんか久々に聞こえたな。最初に砂漠で気絶したときに聞いたあの声。

ふぅん。じゃあ筋力を成長させたければ、力を使う行動中にってことか？

「アス。ちょっと手伝ってくれないか」

『オ手伝イ？　ウン、イイヨォ』

子供とはいえ、アスは俺たちよりも重い。押して動かそうとしても無理だ。

「ふんっ。ぬぬぬぬぬう」

『動カナーイ』

「ぐぬぬぬぅ……い、今か？　〈成長促進〉」

手はアスに触れないようにして、全身で押す姿勢からスキル発動。

『オ、オッ。ユタカ兄チャン、スコシウゴイテルヨ』

「凄いじゃない！」

「本当に筋力がアップしているのですね」

「はぁ、はぁ……全力で、押しても、ジリジリと動かせる、程度か。もう少し成長させてみるかな」

担げるぐらいの力は欲しいよなぁ。

まぁ人としての限界で、可能なのかどうかわからないけれど。

もう少し成長させてみるかな。

さっきと同じように手では触れず、全身をアスに預ける姿勢で押そうとすると。

「おーい。ちょっといいか」

と、オーリがやって来た。

「ルーシェ、シェリル。悪いが狩りに行ってもらえないだろうか？」

「お肉、もう足りなくなりましたか？」

「ドリュー族も増えたし、最近は俺たちも食材を贅沢に使っているからなぁ」

村を出たドリュー族も、幸い全員無事に移住してきた。

土堀り人員も増えて、西側の崖には彼らの住居が次々と完成している。

もっとも、子供たちはツリーハウスを気に入っているようだけど。

「狩りなら俺も行くよ。収納あるし、一度にたくさん狩れるだろ？」

「助かるよ、ユタカくん。なら大量に塩漬けできるよう、準備をしておこう」

『外ニイクノ!?　ボクモイキタイッ』

「アスも？　けど外にはモンスターがいるし……」

鱗が生えて自由に動けるようになったから、あちこち走り回りたいようだ。

だけど集落は崖に囲まれていて、走り回れる範囲は決して広くはない。

でも渓谷の外は砂漠だし、大型のモンスターもいる。

「連れていってやればいい。アス坊も暇してんだろうよ」

「バフォおじさん。連れていけって言ったって、外は危険なんだぞ」

「学びだ、学び。狩りの仕方を教えてやれよ。本当は親が教えるもんだが、そいつには親がいねぇ。面倒みてやるって決めたんだろ」

『マナブ！』

狩りの仕方かぁ。

と言ってもだ、俺たちとアスとじゃ、狩りの仕方も違うだろうし。

けどまぁ……外の世界も見せてやった方がいいだろう。

いつか独り立ちして、その時になって砂漠初体験じゃ不安だろう。

俺たちが守ってやれるうちに慣れさせた方がいいんだろうな。

「よし、じゃあ行くかアス」

『ヤッター！』

『ナニコレェ、歩キニクゥーイ』

初めて見るサラサラの砂に、アスは大興奮だった。

歩きにくいと言いつつ、砂の上を飛んだり跳ねたり楽しそうにしている。

「アス。あまり音を立てないで」

「音を立てると砂の中に生息しているモンスターが集まってしまいます」

『狩リスルナラ来テモイインジャナイノ？』

「ここじゃダメ。渓谷を出てすぐでしょ。万が一小型のモンスターが集まってきたら、集落の人たちに危険が及ぶかもしれないじゃない」

「バフォおじさんのお子さんたちもいますしね」

『ソッカァ』

何故――を教えてやれば、アスは素直に聞き入れてくれる。

純粋で、とてもいい子だ。

夕方から出発して、日が暮れる前に野宿の準備に取りかかる。

種の採取もできるとわかったし、ツリーハウスの出し惜しみはしない。

夜を快適に過ごし、明け方、太陽が昇る前に出発する。

『アツクナル前ニ歩クノ？』

「そうよアス」

「集落では谷が日陰を作ってくれるから、昼間もそこまで暑くはなりません」

いや、十分暑いよ。

「でも砂漠では日陰がないから、あっという間に灼熱地獄なのよ」

『フゥン。ユタカ兄チャンガ、イッパイ木ヲウエレバイインジャナイノ？』

「そうしたいのはやまやまだけど、俺の魔力じゃ集落の周辺に少し草を生やすので精一杯だよ」

それにスキルで成長させた後は、自然任せになる。

なら砂漠に木を植えたところで、暑さで枯れるだけだ。

地底湖から引いた水は、川になって渓谷の外まで流れている。

が、砂地までいくと地面に吸収されて、川終了。

短い流れだった。

『ンン。ネェ、ムコウノホウデ人間ノ声ガスルヨ』

「人間の？」

『ナンカネェ、助ケテーッテイッテル』

「誰かがモンスターに襲われているのかもしれません」

「誰かって、誰が？」

「あんただって襲われてたでしょ」

そうでした。

急いで砂丘を乗り越えると、大きな狼が五匹、船をとり囲んでいるのが見えた。

え、船？　ここは海でも川でもなく砂漠なんだけど、船？

「スケイルウルフだわ」

「ユタカさん、お肉です！」

「え、肉？　あの狼、食えるのか？」

そう尋ねると、二人は嬉しそうに笑みを浮かべた。

じゃ、老化させないように一部だけ成長していただきましょうか。

◇
◆

「スケイルウルフはね、お腹以外の皮膚は硬くて刃も通らないんですよ」

『ヘェ。ダカラルーシェオ姉チャンハ、コイツヲヒックリカエシテイタンダネ』

「はい。でないと私の剣が折れてしまうかもしれませんので」

『ユタカ兄チャンハドウヤッテ悪イモンスターヲ倒シタノ？』

「ん。触るだけ」

『……学ブトコロガナイ』

なんかいろいろごめん……。

俺に戦闘技術なんてものはない。

だって触るだけで倒せるんだから、仕方ないじゃないか。

「あのぉ……」

「はい？」

声をかけられてそちらを見ると、太めの男が汗だくになって立っていた。

集落の人はみんな痩せているから、砂漠で太った人がいるなんて不思議な感じがする。四十代後半だろうか。

「あぁ、そうだった。えっと、大丈夫ですか？」

そうだそうだ。このスケイルウルフは、船を襲ってたんだった。

その船に乗っていたのがこの人だ。他にも十人ぐらいいる。

「ようやく気づいてくれましたか。いやはや、お強いですねぇ。おかげで命拾いしました。どうお礼をしたらよいか」

「あぁ、お気遣いなく。俺たちは食材を探して狩りをしていただけで、ちょうどよかっただけですから」

「……そうですか。ところで、面白いものをお連れですねぇ」

一瞬にやりと笑ったな、この男。

男が「面白いもの」と言いながら見ていたのはアスだ。

この目……俺をこの世界に召喚したあの女に似ている。

品定めをしているような、そんな目だ。

自然と男の視界を遮るように、アスとの間に立つ。

それを見て男の口角が上がった。

「珍しい生き物ですな。それはいったい何でしょう？」

『ボクネェ――』

「アス、黙ってろ」

『ウ、ウン……ゴメンナサイ』

ごめんな、アス。別に怒ってるわけじゃないんだ。

なんかこの男からは、嫌な感じがするんだよ。

「あー、いやいや失礼。別に取って食ったりはしませんですよ、はい。ただ……よろしければそれをお譲りいただけませんか？　もちろんお金は――」

「断る」

「まぁまぁ。お話だけでも聞いてくださいよ。お金が不要だと仰るなら、小麦を五、いや六袋と、綿の生地十メートル。あとそうですねぇ」

「断るって言ったよな。金も小麦も布もいらない。必要ない。アスは物じゃないんだ。アスは俺たちの家族だ。家族を金や物と引き換えに売る奴なんていないだろ」

この男、商人か？

ルーシェたちの故郷の村に、砂漠では手に入らない物を物々交換で売りにくる商人がいるって言っていたな。

にしても、荷物は持っていないようだ。もしかして収納魔法だろうか。

「家族をお金で？　えぇ、売りますよ。必要のない子は売りますし、将来有望そうな子がいれば、お金で買いますです」

「……な、んだと」

「難しく考えなくていいんですよ。自分にとって必要なものか、そうでないか。ただそれだけなんです。あなたに必要なのは資源。そうでしょう？　仕方ありません。今回持ってきた物全てとそれをこうか――うぐっ」

「言っただろ。アスは物じゃない。あんたはどうだか知らないが、俺は家族を売ったりしない！」

男の胸ぐらを掴んで思わず……思わず、え？

軽く力を入れただけなのに、なんで俺、男を持ち上げているんだ？

どう見ても百キロを超えてそうな男を軽々と――実際軽く感じる。

あ、もしかして筋力を成長させたからか。

アスは重く感じても、この男ぐらいなら軽いってことか。

「う、うぐぅ。くる、苦しい」

「だ、誰もがあんたみたいなクズだとは思うな。たとえ国が買えるほどの大金を積まれたって、アスを売ったりはしない。絶対にだ」

「わ、わかりました。わかりましたから……」

「二度と俺たちに取引を持ちかけるな。次、あんたがモンスターに襲われていても、もう助けないからな」

突き飛ばすように男を離すと、ルーシェたちを連れてその場を離れた。

もったいないけど、あの男の前で獲物をインベントリに入れない方がいい気がする。

「ごめん。せっかく狩ったのにさ」

「いいんです。あの方の発言、私も腹が立ちますもの」

「ほんとよ。あぁ、助けるんじゃなかったわね」

『ボクノセイ？』

アスは不安そうに俺を見る。

さっき強い口調で言ったから、まだ怒ってるのかと勘違いしているのかもしれない。

「お前のせいじゃないよ、アス。さっきは怒鳴って悪かったな。あの人間にお前のことを教えたくなかったんだ」

『アノ人間……悪イ人間？』

「かもしれない」

陽が昇って気温が上がってきたけど、少し無理して奴らから離れた。

「まだ来てるか？」

「……ううん、諦めて引き返したみたい。気配はもう感じないわ」

「よっぽどアスちゃんが欲しいみたいですね」

『ボク？　ドウシテカナァ』

たぶんあの商人は、アスがドラゴンの子供だと気づいた。

ドラゴンの子供なら、希少価値が高いなんてものじゃないだろう。

それで是が非でも手に入れたいんだ。

この日は日陰用の木を成長させず、テントを張って休むことにした。

目印になる物を残さないようにするために。

夕方になってシェリルが周辺を索敵してみたが、奴らの気配はなく、狩りを再開。

「砂漠に兎がいる」

「そりゃいるわよ」

「お肉、美味しいんですよ」

『ウサギ、ウサギ。ウン、ボク覚エタ』

「待てアス！　兎は兎でも、あれは普通の兎じゃないっ」

ドリュー族の大人とそう変わらない大きさで、額にはドリルのような角がある。

何よりあいつらは、跳ねるんじゃなく砂の中を潜ってきてるじゃねーかっ。

「モンスターだろ、アレ」

「決まってるでしょ」

「ユタカさん。砂漠に普通の動物なんて生息していませんよ」

『モンスターノウサギ。ボク覚エタ』

「直前まで来たら砂から飛び出してくるから、そこを狙うのよ」

と言ってるそばから兎が飛び出してきた。

『イィイーヤァハァアアーッ』

「なんか楽しそうだな！」

頭の角を突き出して飛び込んできた兎を横に避け、すれ違いざまに触れる。

バフォおじさんが、もっと効率のいい戦い方——と言って、心臓じゃなく脳を狙えば血抜きもしやすいぞと教えてくれた。

脳の活動が止まるまで成長しろと指定してスキルを使えば、兎は砂の中に潜らず、ずささささーっと転がった。

なんか足がビクンビクンしてるな。

それもほんの数回だけ。すぐに動かなくなった。

『ネェネェ。砂ノナカニイルウサギ、ボクガ出シテアゲラレルヨ？』

「アスが？」

『ウン、コウヤルノ』

アスが後ろ足で立ち上がるように、上体を起こす。

持ち上げた前足で、ズオォーンっと地面を打ち鳴らした。

うぉ、凄い振動だな。

その振動で兎たちが飛び出してきた。

シェリルの矢が飛び、ルーシェの大剣が兎を仕留める。

砂に落ちて目を回している兎には、俺が触れて止めを刺した。

「アス、やるじゃないか」

『エッヘン。ボクエライ？』

「あぁ、偉いぞ。これなら安全で楽に狩りができるな」

「ほんと。凄いわアス」

「デザートラビットは群れで襲ってきますが、一、二匹狩ると逃げてしまうんです」

だがアスのおかげで、兎たちは無理やり砂から追い出され、しかも目を回す。その間に全部を狩れるから大猟だ。

仕留めた兎は全部で九体。こんなにいたのか。

「これだけあれば一カ月は困らないわね」

「毛皮もいろいろ使えますし」

「アスのあれって、ただズドーンってやっただけなのか?」

『ウウン。大地ノ魔法ツカッタヨ』

……魔法。

いくら五年分成長させたとはいえ、孵化後半年ぐらいだぞ。

ドラゴンってやっぱりとんでもないな。

「魔法はお母様に習っていたのですか?」

『ンー、ヨクワカンナイケド、ナンカデキル気ガシテ』

「わかんなくて使えるものなのか、魔法って」

「本能なのでしょうけれど、ちゃんと学べるといいのですが」

まぁ、そこはバフォおじさんに頼んでみよう。

悪魔だし、魔法には詳しいだろうからな。

冷える前に狩りをやめ、この日は兎の他に双頭の蛇を仕留めた。

集落に戻ったのはその二日後。

「デザートラビット一五体、ツインヘッドスネーク一体、サンドキャンサー三体、サンドシェル十二個……た、大猟だな」

オーリが唖然（あぜん）とした顔で数える。

だけどこれ、食材向けの奴だけ持ち帰ってんだよな。

襲ってくる奴らだけ倒してきたけど、半分ぐらいは「美味しくない」って奴だった。

「塩漬けにするための器が足りないな……」

「あ、それならアレが使えるじゃないか」

水が流れてくるようになって、あまり収穫しなくなったアレ。

俺たちが狩りに出ている間も収穫はしていなかったらしく、見に行くと——。

「うわ……デカく育ったなぁ」

「ぷっ。確かにこれなら塩漬けの器にちょうどいいわね」

高さ一メートル近い、立派な瓢箪が実っていた。

ある日突然、スキルが進化した。

「そりゃするわよ」

「スキルを毎日使っていましたし、進化してもおかしくありませんね」

「そんなものなのか」

「ね、どんな風に進化したの？」

「うん、わりと便利だよ」

これまで成長促進のスキルは、俺が対象物に触れている間だけ効果があった。

だけどスキルが進化したことで、俺が触れていない間も成長させることが可能に。

例えば――。

「どのくらいの早さで、どのくらい成長させるかって指定が可能になったんだ。指定さえしてしまえば、俺が触れていない間も成長し続けるんだよ」

「それがどう便利なのよ」

「それでしたら、種をたくさん握ってスキルを使った後は、私たちがそれを畑に植えていけばいいんですね」

「そう、そうなんだ。今まで芽が出たら土に植えて、葉に触れてまたスキルを使ってってやってただろ？　一つずつ俺が手作業でさ」

スキルが進化したことで、一度に大量の種にスキルを使えるようになる。

俺が触れてなくてもいいわけだから、他の人に芽吹いた種を植えてもらえば後は勝手に成長するようになるってことだ。

「土の状態も以前よりよくなっているし、そのうち俺のスキルがなくてもちゃんと育つようになるだろう」

「不思議ね……あんたが来る前は、その日食べるものにも悩むような暮らしだったのに」

「えぇ、本当に。ユタカさんと出会えて、幸運でした……。あ、で、でも、食料のことだけじゃないです。ユタカさんという男性と出会えて……や、やだ、私ったら。何を言っているのでしょう」

「ほーんと。顔を真っ赤にして、何を言ってるのかしらねぇ」

「もうっ。シェリルちゃん言わないでっ」

お、男としての俺と出会えて……どう、なの？

「あ、えと……俺も二人と出会えてよかったと思ってるよ。ほら、この前の商人とかさ。あんなのと出会ってたら、今頃どうなってたか」

「あぁ、あのアスを売ってくれってしつこかった奴ね」

「砂漠では誰かと出会うことなんて稀ですが、それでも彼のような人間に拾われていたら……きっと今頃ユタカさんは、どこかに売られていたかもしれませんね」

売られる……人を売り物にするなんて。

ただの商人じゃなさそうだ。

「あいつが村と取引をしている商人なんだろうか」

「直接会ったことはないけど、こんな砂漠までわざわざ来るような商人はそうそういないわよ」

「私たちは物の相場を知りませんから、あちらの言い値で取引しています。もしかしたら安く買い叩かれているんじゃないかって思っている村の方はいるようです」

砂漠の住人にとって、ここで手に入らない物を持ち込んでくれる商人は生きていくために必要だ。

向こうもそれを知っているから、かなりぼったくっているんだろうな。

俺自身、この世界の物価も相場も知らないけどさ。

「さぁて、嫌な奴のことは忘れて、せっかくスキルが進化したんだし試してみるか」

「種植え、手伝います」

「私も」

『ボクモォ～』

「お、アス。バフォおじさんの魔法授業は終わったのか？」

アスに魔法を教えてやってほしいとバフォおじさんに頼むと、愚痴をこぼしながらも引き受けてくれた。

愚痴ってはいたけど、嫌がってはいないようだ。

なんだかんだと面倒見がいいんだよなぁ。

悪魔なのに。

『ウン、オワッタヨォ。今日ハネェ、土ヲ元気ニスル魔法ヲナラッタヨォ』

「土を元気に？」

『土ノ精霊サンヲヨンデネ、オネガイスルンダァ』

「精霊を呼んでってことは、精霊魔法か」

『ソウ、ソレ！　ネェ、三人ハナニシテタノ？』

何ってお前、手伝いに来たんじゃないのか。

それとも、何もわからずとにかく一緒に混ざりたかっただけなのか。

まぁ後者だろうな。

「せっかくだしアス。その精霊さんに土を元気にしてもらう魔法、お願いしていいか？」

『マカセテ！　ボクガンバルッ』

土を元気にしたら野菜の成長にもいいんじゃないかな。

アスが俺にはわからない言葉を口にすると、畑の土がぼこぼこと盛り上がった。

その土から、手足の生えた雪だるまみたいなものが出てくる。

もちろん雪ではなく、土でできた土だるまだ。

「これが精霊なのか」

「わぁ、初めて見ましたぁ」

「かわいいわね」

え、かわいいのか、これ？

なんせこの土だるま、顔には黒い目と団子っ鼻しかない。

眉毛、口、耳がなくて、個人的にかわいいとは思えないんだけど。

女の子の言うかわいいの基準がよくわからないな。

土だるまとアスが何か話をしているようだけど、何を言っているのかサッパリ。

言語がそもそも違うみたいだ。

やがて話が終わったようで、土だるまがどこから取り出したのか、鍬を持って畑を耕し始めた。

背丈は三十センチほどしかない。

それが自分の背丈と同じぐらいの鍬を振り回している。

けどその場所、もう耕した所なんだけどな……。

『もっもっ』

「なんか言ってるぞ」

土だるまが地面を指さしている。

『オ水ホシイッテイッテルヨ』

「私、持ってきますね」

その次に葉っぱが欲しいというので、桜を成長させて葉を集めた。

『ももっも』

「アスさーん。通訳お願いしまーす」

桜の葉を集めてくれているアスを呼んで、土だるまこと精霊の通訳を頼む。

『ウンウン。アノネ、ユタカオ兄チャンノスキルヲネ、土ニ使ッテホシイッテ』

土に？

いや、でも土は生きていないしなぁ。まぁやれと言われればやるけど。

成長させる時間は二カ月程度でいいと言うから、土だるまが指さす――いや指もないんだけどさ。そこに手をついて二カ月成長させた。

すると土に混ぜていた桜の葉がみるみるうちに腐っていく。

枯れるんじゃなく、腐ったんだ。

「腐葉土か」

『もっ』

「でもなんで、土は生きてないのに時間が経過したんだろう？」

『精霊サンガイキテルカラダヨ。精霊サンガ耕シタカラ、ソコニ命ガヤドッタ――ッテイッテル』

命というよりも、精霊力——らしい。

その精霊力は、時間の経過で薄くなっていく。

普通の状態に戻れば、俺のスキルが土に働くことはないだろうとも精霊は言った（通訳曰く）。

更に精霊たちが土をかき混ぜ、全体に腐葉土がいきわたるようにすると、土はふかふかになった。

「おぉ、土がよくなってる。これなら自然栽培もいけるようになるかもしれないぞ」

「本当ですか？」

「今すぐじゃないけどな。今日のところは進化したスキルの使い勝手も確かめたいし、いつも通りスキルで成長させよう。とりあえず一カ月分を一日かけて成長するようにしてみるか」

何種類かの野菜の種にスキルを使って、三人で手分けして種を植える。

植えてからじーっと見てみたけど、うんともすんとも言わない。

いや、よく考えたら三十日を二十四時間で成長だ。

一時間で一日ちょいだと、さすがに数分じゃ変化はないか。

「このまま見てても仕方がないし、別の作業の手伝いに行くか」

「そうですね」

「ね、例のお風呂ってヤツ。見に行きましょうよ」

「お、いいね」

『オフロー』

風呂が何なのかアスは知らないのに、俺たちが楽しそうにすると、アスにとっても楽しいようだ。

土だるまはどうかわからないけど、アスは本当にかわいい奴だ。

風呂は共同のもので、滝の近くに小屋を建ててそこに作っている最中だ。

小屋の床はすのこにして、浴槽は贅沢な檜風呂だ。

「トミー。親父さんはいるか？」

「あ、ユタカ兄ちゃん。父ちゃーん」

竈作りはドリュー族に任せてある。

竈は二層構造で、上の段に水を流して下の段で火を起こせるような造りだ。

一応、設計には俺も参加した。なんせ全員が風呂を知らないから、知っている俺が考えるしかない。

うまくできるといいなぁ。

「おぉ、ユタカくん。完成を見にきたモグか？」

「え、もう完成したのか⁉」

「竈だけモグがね。完全に乾燥するまでは水を流せないモグから、もう二日ぐらいは使えないモグよ」

「見てもいい？」

トレバーが頷き、ついて来いと手招きする。

入り口で靴を脱いで中に入るんだけど、シューズラックが必要だな。

おぉ、のれんもちゃんと掛けてくれてるじゃん。

ん。女湯の方だけ色を染めているんだな。対して男湯は無地。なんか寂しい。

「脱衣所の棚もオッケー。中は……おぉ、いい感じ」

「結構広いのですね」

「何人ぐらい入れるのかしら？」

「まぁ三、四人かなぁ」

檜の浴槽はやや浅めで、その代わり広くしてある。

「楽しみですね」

「ほんと、早く入ってみたいわ」

「俺もだ」

異世界に来て、やっと風呂に入れると思うと嬉しくて仕方がない。

竈、いつ乾くかなぁ。

「まず熱で割れないか確かめるモグ。それをクリアしたら、今度は上の段に水を流すモグ。水漏れがしなければ、次に実際に沸かしてみるモグよ」

「乾いたら終わりじゃないのか」

「モグ。まぁ上手くいけば三日後には入れるモグから、そう焦らないモグよ」

あと三日の辛抱か。

ついにこの日がやってきた！

異世界で初風呂‼

の、はずだったんだが、集落に急な来客があった。

「ユタカくん、あの薬草を貰えないか？」

「わかりました。すぐ量産します」

急な来客というのは、怪我人だ。

ここから徒歩一日の距離にあるお隣の集落から、二十人ほどがやって来た。

集落がモンスターに襲われ、逃げてきたという。

ドリュー族も手伝ってくれて、量産した薬草からすぐに塗り薬が完成。

小さな子まで怪我をして……かわいそうに。

死者は出なかったということで、その点は幸いだ。

治療と同時に食事も用意された。料理を見てみんな驚いている。

「野菜が豊富だ。それに木……木が生えている。去年来た時にはなかったのに、いったいどうなっているんだオーリ」

「まぁ……話せば長くなる。今は食え」

前にオーリから相談されたことがあった。

自分たちだけが十分な食事ができていることに、罪悪感を抱いている。

できることなら、他の集落にも作物を分けてやりたい——と。

ただ成長促進のスキルは、一日に使える回数、実際には年数か、それには限界がある。

そんな状態で近隣の集落に「作物がすぐに育つスキルがある」なんて話して、我も我もという状態になれば俺がぶっ倒れてしまう。

オーリもそのことは十分に理解してくれていた。

だからここで野菜を自然栽培できるようになったら、他の集落に分けてやりたい。

そのために俺のスキルで支援してくれないか……と。

気を使ってくれることは嬉しいし、俺だってできるならこのスキルでいろんな人の役に立ちたいと思っている。

できることなら何だって手伝うと、オーリには伝えた。

それもあって他の集落には俺のことも、スキルのことも何も伝えていない。

それがこんな形で知られることになるとは。

けど仕方ない。モンスターに集落を襲われたんじゃ、逃げるしかないもんな。

一番近い隣の集落がここだったってわけだ。

怪我をした人も、十分な食事をして落ち着いたようだ。

「とりあえず、みんな落ち着いたわね」

「オーリ。ツリーハウスはいらないか？」

「いや。元々我々が使っていたテントがある。大丈夫だ」

ひとまず綺麗なシーツをかき集めて提供。翌日には彼らから何が起きたのかを聞けることになった。

どんなモンスターが、どう襲ってきたのか。

「バジリスク？　この辺りにバジリスクなんていないはずじゃ。そうだろう、ルーシェ」

「はい。バジリスクはもっと南部の荒れ地に生息しているモンスターです。砂地である砂漠にいるなんて、おかしいですね」

そうなのか？　とシェリルに尋ねると、彼女は頷いた。

バジリスクは砂の上を素早く動けないらしく、それで砂地であるこの辺りを嫌うそうだ。

「バジリスクが砂漠に来る理由ってなんだろう」

「うぅん……バジリスクより強いモンスターに追われたりしたら……かなぁ」

「そんなモンスター、いる？」

そう聞くと、シェリルは一瞬アスを見た。

アスがそうってわけじゃない。ドラゴンがってことだ。

でもドラゴンなんて、その辺にうじゃうじゃしているもんでもないだろうし。

「まぁとにかく無事でよかった。落ち着くまでここにいればいい」

「助かるよ。けど……ここはいったいどうしたんだ。なんでこんな……緑がいっぱい」

そりゃ気になるよなぁ。

「あの。その件は俺から説明するよ」

「ユタカくん。いいのかい？」

オーリの気遣いに俺は頷く。

いつかは説明しなきゃならないんだ。先延ばしにしても仕方がない。

で、口で説明するより、実際に見てもらった方が早い。

ニンジンの種をインベントリから一つ取り出し、成長させて見せる。

「……え？」

「これが俺のスキルだ。まぁこのスキルのせいで、魔法で砂漠に強制転移させられたんだけどな」

「な、なんでまた⁉　こんな素晴らしいスキルなのにっ」

「ここではそうかもしれないけど、緑が溢れている土地では必要ないんだ」

一日にせいぜい数十人の食料を生産できる程度のスキルだ。

雀の涙にもほどがある。

そう説明すると、彼も――隣の集落の最年長であるマストも納得した。

翌日。大人たちが話し合って、集落を西と東に分断した小川の向こう側の土地を、マストたちに使ってもらおうってことになった。

「でも向こう側の土地は、畑として使う予定だったんじゃ」

自然栽培が軌道に乗れば、よその集落に配る野菜も作れる。

そのために少し広い畑が欲しかった。

川の傍ってのもあって、畑として使うにも都合がよかったんだけどな。

「だったら、わしらが貰った土地を使えばいいモグ」

「トレバー。でもそうしたらドリュー族はどうするんだよ」

「モグゥ。わしらは穴を掘って暮らす種族モグよ。忘れたモグか？」

そうだった。彼らに必要なのは穴を掘れる崖、もしくは斜面だ。平らな土地は必要ないんだったな。

「〈成長促進〉」

種が実るまで。二階建て。子供も喜ぶ家に——そう指定しながらスキルを使用。

もさもさと葉が茂り、立派なツリーハウスが完成する。

「ユタカ兄ちゃん、あそこに種あるよ」

「お、トミー。見つけてくれてサンキューな」

トミーが見つけた種をシェリルがひょいひょいっと登って収穫。

それをまた成長させて、二軒目完成。更にもう一軒。

最近は筋力の他に魔力も成長させている。

時間にして四〇〇年弱を成長させられるようになった。

「残りはまた明日で。ごめん。他にも成長させないといけないものもあるし、魔力を温存してなきゃいけないいんだ」

「そんな、謝らないでくれ。君のおかげで、こうして家を持つことができた。感謝しかないよ」

「子供たちも喜んでるわ。ありがとうございます」

ドリュー族が暮らす西側の高台は意外と広い。畑は下の土地にあるから、ここにはツリーハウスが植えられる広さがあればいい。

ドリュー族の家も完成に近く、もう中で暮らせるんだな。

お隣の集落の人たちもここで暮らすことになった。またバジリスクが戻ってこないとも限らないし。

人間族の人口が一気に増えたな。

バジリスクか……。

『ユタカ兄チャン、ドウシタノ？』

「ん。いやな、なーんか気になるんだ」

『気ニナル？』

どうしてもバジリスクのことが気になって仕方がない。

なんでわざわざ嫌いな砂漠を北上してきたのか。

バジリスクを追いやるほどのモンスターが南側にいるのか。

とにかく今は、そのバジリスクがこっちに来ないことを祈ろう。

閑話二　その頃……

「いったいどういうことなの⁉」

アリアンヌは王座の前を落ち着きのない様子で、右へ左へと歩き回る。

例年の十倍の食料を納税するよう、彼女は地方領主にはそう御布令（おふれ）を出した。

だが食料は未だ届かない。

そればかりか、勝手に『王命』を持ち出したものだから国王派からの反感も買っている。

そもそもアリアンヌは王位継承権第二位。第一位は彼女の腹違いの弟だ。

アリアンヌはその弟が王座に就くことが許せず、自分こそが女王に相応しいと周囲にアピールしているつもりなのだが……空回りどころか、全てマイナスに働いている。

「王女。こうなっては他国に――」

「だったら今すぐあの男を連れ戻すのよ⁉」

「……え？」

あの男とは誰なのか。

大臣らが首を傾げる中、王女は荒木らの帰還を命じた。

「皇帝殿ですか？　彼をいったいどうなさるので？」

「ふんっ。彼を砂漠に向かわせ、ダイチユタカを連れ戻すのよ。あの男のスキル、今こそ役立てる時！　素晴らしい考えだとは思わない？」

全員が「今更⁉」という顔をする。

「し、しかし、生きているでしょうか？」

そう。砂漠に捨てて二カ月以上経っている。既に死んでいるのではと誰もが思った。

「私が召喚したのよ。そんな柔ではないでしょ」

と、アリアンヌは謎の自信に満ちていた。

正確には数人の魔術師によって召喚魔法は行われている。アリアンヌは一切、魔法には関わっていない。どこからそんな自信が生まれるのか。

ほどなくして――。

「砂漠での護衛だって？」

二カ月ぶりに王都へと召還された皇帝たち異世界人は、突然砂漠に行けと命じられた。

ただ必要なのは三人だけ。

指名されたのは荒木皇帝、伊勢崎金剛、諸星輝星の三人。

「ぼ、僕らが砂漠に？　い、いったい何故だ」

「まさか俺たちを追放しようってんじゃ……」

「違いますわ。ある人物を捜し出してほしいのです」

「ある人物？　まさか……砂漠に捨てた大地のことか」

皇帝の言葉にアリアンヌ王女は頷いた。

「今更、何故です⁉」

「り、隣国で日照りが続き、農作物の収穫量が半減しているの。だから彼を売って差し上げようと思ってね。だって我が国でもあの者は必要ないんですもの」

「大地を売る？　ははは、まるで奴隷だな。彼に似つかわしい」

「そ、そうでしょう？　だから捜してきてちょうだい」

うまく騙せた――と、アリアンヌが確信した。

自国がピンチなどと口にはしたくない。知られるのも嫌だ。

そして彼ら三人は他者を見下して、優越感に浸るタイプだと思っている。

大地豊を「今必要な人材だから」とだけ話せば、確実に拒むだろう。

だから「うちでは必要ないから売り払う」と回りくどい言い方をした。

案の定、三人の機嫌はよくなった。

まぁ実際は、早急に自国で必要としているのだが。

これで奴も見つかるだろう。アリアンヌはそう確信する。

だが――。

「お断りする」

「そうですか。行ってくれ――え？」

「お断りする。そう言いました」

「だよなぁ。なーんで俺らが砂漠に行かなきゃならねぇんだ」

「砂漠なんて行ったら、僕らのイケメン肌が荒れて、女子共が悲しむだろう」

皇帝がそう言って髪をかき上げると、謁見の間にいた若い令嬢や侍女らがほぉっとため息を吐く。

確かに荒木皇帝はイケメンの部類に入る。

だがそれ以上にここにいる女性陣には「異世界から来た英雄」というフィルターがかかって見えていた。そのせいでイケメン度が十倍増しになっていたのだろう。

「ボクらには人並外れた力がある。だけど力があるからといって、不死身じゃないんだ。砂漠になんて行ったら、熱中症や脱水症状を起こして死ぬかもしれないだろ」

「それとも王女は、僕たちを大地のように……」

「ち、違いますわっ。断じてそんなことっ」

「だったら俺らじゃなくって、別の奴を行かせてくれよ」

「そ、そうですわね……では小林様と三田様に――」

うんうんと頷く金剛とは違い、皇帝は慌てた。

「だ、だめだ！　二人も僕らと同じで、不死身ではないんだぞっ」

「え？　別にいいじゃん、皇帝。あいつらなら死んだって――」

「おい、黙ってろ金剛。他のクラスメイトたちもそうだ。貴重な異世界人の戦力を、たかが大地ひとりのために無駄にする気かい、王女殿下」

「そ、それは……ではどうしろと。あの者の顔をはっきり覚えている家臣はいないのよっ」

「それに関しては心配には及ばない。似顔絵を渡そう」

皇帝はポケットに手を滑り込ませる。そこには使い慣れたスマホがあった。

もちろんネットには繋がらない。

だがスマホ内にある画像を開くことはできる。

ともに召喚されたクラスメイトのひとりが、モバイル用のソーラーバッテリーを持っていた。

そのおかげで充電だけはできるのだ。

「山田(やまだ)に写真を見せて似顔絵を描かせる」

「あぁアイツ、絵は得意だったもんな」

というわけで、三人は非戦闘スキルを持つクラスメイトたちが働く工房へと向かった。

その途中で金剛が皇帝に尋ねる。

「なんで三田たちに行かせなかったんだ？」

「金剛、君は本当に何も考えていないんだね」

「何だとぉ」

「考えてもみたまえ。僕らに訓練なんて必要はない。だけど世間体というものもあるから、やっているフリはしなきゃならないだろう。実際にやっている三田たちのおかげで、そのフリもしやすくなっているんだぞ」

「な、なるほど。あいつらのおかげで楽をしていても、この世界の連中にバレないってことか」

つまり三人は努力なんてものをしたくはない。

だが世間には努力しているように見られたい。

そのために、他のクラスメイトに努力させているのだ。

そうすることで異世界人は、皇帝ら三人も努力しているように思っている——から。

実際にそうなのだから、異世界人チョロいと思っているだろう。

「それに、いざという時の肉壁は多い方がいいだろう？」

と、皇帝は悪い顔をして言う。

「あぁ、確かに」

「ボクらさえ死ななければ、勝利は確実だしね」

金剛と輝星も笑う。

所変わって、三田や小林らだが——。

「王女が俺たちを砂漠に行かせようとしたらしい」

「聞いた。でも荒木くんたちが阻止してくれたんだろう？」

「荒木くん……いつも偉そうにしてて腹が立つこともあるけど、本当はいい奴だったのかも」

「マジ感謝だよなぁ。大地には悪いけど、砂漠になんて放り出されたら生きていける自信ない」

「異世界だし、モンスターもいるだろうしなぁ」

「俺、鳥取砂丘なら平気だぜ」

「バーカ。俺だって平気さ」

「俺も俺も」

「「あはははははは」」

いつか肉壁にされるとも知らず、彼らの頭の中はお花畑であった。

その二日後、王国所属の魔術師二名、同じく神官が二名、そして騎士が十名、魔法によって砂漠へと転移した。

「さて……この広い砂漠でどうやってこの者を捜すのか」

小隊長である騎士がため息を吐く。

その手に握られた羊皮紙には、大地豊の似顔絵が描かれていた。

「にしても、ずいぶん醜い少年だな」

「こんな少年、いましたっけ？」

召喚の儀式に立ち会った魔術師二人が似顔絵を見て首を傾げた。

皇帝たちが山田に描かせた似顔絵。初稿ではかなり似ていた。

とりたててイケメンというわけでもない大地だが、中の上――といった感じで、悪くもない。

人当たりもよく、なんだかんだと面倒見もいい。

それでも目立たないのは、このクラスに皇帝、金剛、輝星の三人がいるからだ。

この三人がいなければ、大地にトキメク女子もいただろう。

実際、バレンタインシーズンでは数個のチョコを貰っていたのだから。

しかし皇帝らはその数個も許せなかった。

その数個が貰える程度に整った顔立ちの大地が許せなかった。

だから手を加えたのだ。

大地の似顔絵に。

そのせいで騎士が手にしている似顔絵は、ほぼ別人レベルにまでなってしまった。

「こんな砂しかない場所で……そもそも人を見つけるのだって困難だぞ」

「愚痴ったところで仕方がないだろう。見つけなければ帰れないんだぞっ」

アリアンヌは部下に対して非情な人物として知られている。

与えた任務を遂行できない部下は、容赦なく切り捨てるだろう。

無事に王都へ戻るためには大地を見つけなければならない。

絶望の中、彼らは一歩ずつ前進を開始した。

第五章　捨てたクセに今更もう遅い

「ふぅぅ、夜はやっぱり寒いなぁ」

『ソウナノ？　ボク寒クナイヨ』

あれから三日、幸いなことにバジリスクの姿は見ていない。

それでも念のため、今夜も見張りに立つことにした。

「アス。お前まで一緒に来なくてよかったんだぞ」

『ボクダッテ男ダモン！　見張リスルンダイッ』

男っていうか、男の子だけどな。

「それにしてもお前、なんかぽかぽかするよな」

『ボクガ？』

「そう。ドラゴンって体温が高いのか？」

『ンー、ワカンナイ』

わかんないかぁ。

アスの体に触れていると、なんていうか……床暖みたいな感じで暖かい。

子供は寝るのも仕事だって言いたくなるが、こう寒いとアスの鱗が気持ちいいんだよなぁ。

「おっ。アス坊も見張り番か」

『ア、バフォオジチャン』

バフォおじさんもバジリスクが気になるのか？

まぁバフォおじさんと違って、奥様方や子供たちは普通のヤギだもんな。

バジリスクからしたら美味しそうな獲物でしかない。

「偉ぇなぁ。そうだアス坊、お前ぇの目なら、あの岩の上から遠くまで見えるんじゃねえか？

何か来てねぇか、ちょっくら見てきてくれよ」

『ウン、イイヨ！』

アスがとてとてと少し離れた岩の方へと向かう。

「わざと遠ざけただろ？」

「べへへ。察しがいいじゃねえか」

「アスに聞かれちゃマズいことなのか？」

「んー、いやなぁ。あいつの鱗が暖かいってのは、もしかすると親父に関係するのかもしれねぇ」

「親父って、アスの父親か？」

バフォおじさんは頷く。

バフォおじさんがここの山奥で暮らすようになったのは三〇〇年ほど前から。

当時、アスの母親はここからずーっと東の、緑の大地で暮らしていたらしい。

「アス坊の母親がこの山に来たのは百年ぐれぇ前だ。なんつーか、失恋したとか何とか言ってな。なんでも番(つが)いになる約束をした雄と喧嘩しちまって、それでとかよ」

「し、失恋」

ドラゴンの世界にも恋愛事情なんてのがあるとは。

「まかさアスの父親が、その別れた元彼の可能性があるってことか⁉」

「しーっしーっ。声がでけぇよ」

「あ……」

二人で同時にアスを見るが、あの子は首を長くして遠くをじーっと見ていた。

ほっ。聞こえてはいないようだ。

「元彼とアスが暖かいことと、何の関係があるんだよ」

「その元彼っつぅのが、火竜(フレイムドラゴン)なんだよ」

「火竜……なんか強そう」

「そりゃ強ぇよ。ドラゴンにもランクってのがあってだな、『下位(レッサー)ドラゴン』『ドラゴン』『上位(ハイ)ドラゴン』『古代(エンシェント)ドラゴン』の四つに分けられるんだ。アースドラゴンと火竜は上位ドラゴン種だ。正直、オレぁ相手にしたくねぇな」

おいおい。上位種の両親を持つアスって……実はめちゃくちゃ強いんじゃ。

ま、まぁ今はまだ子供だけど。

けど孵化後半年であのパワーだ。最強種に相応しい強さだよな。

「アス坊。変わったことはあったか？」

『ンー。人間ナラキテルヨォ』

ん？

「「人間⁉」」

思わずバフォおじさんと顔を見合わせた。

正面からおじさんの顔を見て、ちょっと噴き出しそうになるのを堪える。

「また他の集落が襲われたんか」

「その可能性はないとは言えないな。俺も見えればなぁ」

アスの隣に立って遠くを見るけど、月明かりに照らされているとはいえ、やっぱり暗くて何も見えない。

「見るか？　オレが遠目の魔法をかけてやるぜ」

「いいのか？」

「おうよ。精度上げるとよ、目に負担がかかるからよぉ三十秒までな」

事前にアスに教えてもらった方角に視線を向け、バフォおじさんに魔法をかけてもらう。

ぉ、おおぉ！

望遠鏡を覗くのと同じだな。

アスが見たっていう人間はっと——いた。十数人いるな。

「バフォおじさん。悪いんだけどさ、急いでみんなを起こしてくれないか」

「だな」

おじさんも見たんだろう。

だから「何故」とは聞かなかった。

『ドウシタノ？』

「うん。アスが見つけてくれたあの人間たちな、ご近所の集落の人じゃないんだよ」

『ゴ近所サンジャナイノ？　ジャア、誰ダロウ』

三十秒が過ぎてもう見えなくなったが、あいつらは全員、完全武装だった。

そいつらは砂漠に不釣り合いな乗り物——船に乗ってこちらに向かって来ている。

その船に見覚えがあった。

「アス。やって来るのはもしかすると悪い奴らかもしれない」

『悪イヤツナノ⁉　ボクモヤッツケルノ手伝ウ』

「目的はお前かもしれない。だから絶対にひとりになるなよ。俺やルーシェたちか……一番安全なのはバフォおじさんの側かもな」

さて、こっちも準備をするか。

「アスを奪いに来たかもしれないってことね」

「なんて執念深いのでしょう」

こちらも完全武装——といっても武器を手にしただけ——のルーシェとシェリルが怒っている。

オーリたちも各々武器を手に集まっていた。

奥様方や子供たちはヤギがいる岩塩洞窟に隠れてもらい、そこへ続くキノコ階段は枯らしておいた。

「あとはっと……〈成長促進〉」

集落から渓谷へと向かう細い谷間に、巨豆を二つ成長させる。

完全に塞ぐことはできないけど、侵入を邪魔することはできる。

もちろん豆は後で収穫して、みんなで美味しくいただくさ。

「渓谷に入ったとクリントが合図しているモグよ」

「ありがとう、トレバー。みんな、奴らが来るぞ」

「驚くでしょうね。きっと寝静まってると思ってるだろうし」

「あぁ、そうだな。みんなでお出迎えしてやろう」

そうして待つこと十分。

驚いた顔の武装集団が到着した。

「ようこそ。こんな夜更けにいったい何の用だよ」

「な、なんで……ちっ。こうなったら全員皆殺しにしろっ」

おっと。めちゃくちゃわかりやすい悪者だった。

ならこうだ。

「やってくれー」

俺が夜空に向かってそう叫ぶと、「『モグゥ』」とハモった声が返ってくる。

そして。

「痛っ。な、何だ?」

「痛ててっ」

「う、上から石がっ」

上には夜でもしっかり見えているドリュー族がいる。

渓谷は狭い。

そこを並んでやって来た武装集団に石を落としてぶつけるなんて、見えているドリュー族には簡単なことだ。

「くそっ。構わず進めっ」

「おっと、そうはいかない。こうなりたくなかったらさ、大人しく回れ右して帰ってくれよ」

奴らが見やすいような位置に成長させた巨豆だ。しかも周りには松明(たいまつ)を持ったみんなもいる。

巨豆の脇から侵入しようとしていた奴らに向かって叫び、あるものを見せた。

よぉく見えるだろ。

巨豆に触れ、小声で成長促進と唱える。

枯れるまで——と指定して。

「か、枯れた⁉　木が一瞬で枯れただと⁉」

「な、何だこいつっ」

「くく。これが俺の、生命力を抜き取る力だ」

「「ひいいいいいいいいいぃーっ⁉」」

大の大人たちが悲鳴を上げ、何人かは踵を返して逃げ、何人かが腰を抜かしてその場に座り込む。

ふひひ。嘘ぴょーん。

◇
◆

「何でも話しますから、どうか触らないでくださいっ」

腰を抜かして逃げられなかったのは四人。他は全員逃げた。

脅したとはいえ、触らないでくださいとか言われたらちょっと傷つく。

「じゃ、話してもらおうか」

そう言って右手をわきわきして見せた。

「ひぃぃぃぃぃぃ。なななな、何でもお答えしますっ」

傷つくなぁ。傷つく。もっとわきわきしてやろう。

怯えて口が軽くなった奴らは全員、砂漠の盗賊団だという。

奴らは砂船に乗って、この近くまで来たのだという。

「砂船って、あの帆船のことか？」

「そ、そうですっ。ソリみたいになってやしてね、魔道具で動かすんっすよ。へへへ」

その砂船に乗って西に二、三日の所に、この砂漠唯一の町があるらしい。

盗賊たちは町の周辺で商団を襲ったりしているそうだ。

「そんなオレらに、取引を持ちかけてきた商人がいましてね。へへ」

「そいつ、太ってたか？」

「へ？　まぁ、そうっすね」

あいつだな。

「目的はドラゴンの子供だろう？」

「えっと、それは……」

「ん？」

わきわきしてみる。

「ひいぃぃ、そうですっ。三メートル弱の子供のドラゴンがいるはずだからそいつを捕まえてこいってっ。ついでにいい女もいるからって、へへ」

男はルーシェとシェリルを見て、下品な笑みを浮かべた。

「私たちのことかしら？」

「お褒めいただき、ありがとうございます」

ルーシェが大剣を担ぎ、シェリルが弓に矢を番える。

「ひいぃぃぃぃぃ、すすす、すみません許してください命だけはっ」

「ユタカくん。そいつらをどうするんだい？」

「んー、どうしましょうか……」

法が存在するのかどうかも、この砂漠じゃわからない。

だからって感情に任せて処刑なんてのも嫌だ。

温いことを言ってるのかもしれないけど、日本って国で生まれ育ってたらそう簡単に人を殺せる人間にはならないだろう。

なりたくもない。

「こいつらの仲間はどこかにいるのかな？」

「崖の先端から見てたモグが、その砂船っていうのに乗って西に逃げていったモグよ」

「追跡してくれてて助かるよ、オースティン」

「いやいや。わしら、目がいいのと穴を掘ること以外で役に立てんモグから。あぁ、あとかわいいから癒しにはなるモグな」

はいはい、モグかわいい。

よく考えたら三十代のおっさんなんだよな、オースティンとかトレバーって。

おっさんが自分のことかわいいとか言ってるの、なんかシュールなんだけど。

「べへへェ。べへ、べへへェ」

「あ？　どうしたんだ、バフォおじさん」

「べエェ」

なんでヤギの鳴き真似(まね)なんて。もしかして、こっちへ来いって言ってる？

ついていくと、離れた所で立ち止まった。

「おい、奴らにバジリスクのことを聞いてみろ」

「バジリスク？」

「なんで奴らはここの場所を知った？」

なんで……そうだ。なんで知っているんだ。

まさか。

すぐさま戻って怯える男たちに尋ねた。もちろん、わきわきしながら。

「お前らがバジリスクに集落を襲わせたのか？」

「はひっ。そ、そうです。バジリスクが嫌うサンド・シャークの糞と――」

「あぁ、クサイ話はいい」

「はひっ。と、とにかく南部のバジリスクを三体砂漠に向かわせて、あとは獲物をチラつかせて、見つけた集落に誘導したんですっ」

襲われれば別の集落に逃げるだろう。

逃げた先の集落に俺たちがいればよし。いなければまたバジリスクを誘導し、別の集落へ向かわせる。

そのために住民には生きていてもらわなければならないから、ただ集落の上を通過させるのに苦労した――と言っていた。

そんな苦労知るか！

けど変な話、一発目で当ててくれてよかったかもしれない。

マストたちがここじゃなく、他の集落に逃げていたらそこも襲われただろうし、更に他の集落にも被害が及んだだろうから。

アスを奪い取るために、モンスターを使って集落を襲わせるなんて……。

しかもこいつら、そのことに罪悪感も何も覚えていない。

「決めた」

「決めたって何を？」

「こいつらをどうするか」

怯える盗賊たちに手をわきわきして見せて――。

「や、やめてくれっ」

「お願いだっ。命だけはっ」

もちろんさ。命は奪わない。

代わりに武器、その他の持ち物を奪わせてもらった。

まぁ真っ裸ってのはかわいそうだし、女性陣に見苦しいものを見せるわけにもいかない。だから下着だけは着せたままにした。

「あんなのでいいの？」

「運がよければ仲間と合流しちゃいますよ？」

真夜中の砂漠へと歩き出す盗賊たちを見送る。

「運があれば、な」

「また襲ってきたら？」

「その時は、また脅して撃退するさ」

と言ったものの、こっちの手の内を半分ぐらいは知っただろうし、次は備えて来るだろうなぁ。

ならこっちは更に備えておかないと。

まずは――。

「なぁ、お腹……空かないか」

「そう……ね」

「で、ですがこんな時間に食べてしまっては、太ってしまいますっ」

「いやいや、ルーシェはそんなこと、気にしなくていいと思うぞ」

むしろ今でも痩せ過ぎな方だと思う。

「き、気にしますっ。私だって……私だって、綺麗に……見られたい、ですから」

そう言って頬を染めるルーシェは、月明かりに照らされているのもあって綺麗……に見えた。

「い、いや、綺麗だって。十分綺麗だよ」

「そ、そんなことありませんっ」

「いや、本当だって。でもさ、俺はルーシェもシェリルも、もう少ししっかり食べて、健康でいてほしいなって思うんだ」

「健康、ですか？」

「そ。そりゃさ、太り過ぎるのはよくないぜ。ほら、この前の悪徳商人みたいなさ。あれはダメだ。でもほどよく肉付きがいい方が、健康的に見えるしさ。だから——」

ルーシェは俺の言葉にじっと耳を傾けている。

その顔はどこか恍惚（こうこつ）としているようにも見えた。

その顔を見ていると、こっちまでドキドキしてきて……。

「なんかカッコつけた言い方してるけど、夜食が食べたいだけでしょ？」

と隣でシェリルがツッコミを入れた時、俺の腹がぐぅーっと鳴った。

「え？　魔力を成長させてほしいだって？」

「モグ」

盗賊を撃退した翌日、昼過ぎに起きた俺の所へドリュー族がやって来た。

「わしらドリュー族には、種族スキルがあるモグ」

「種族スキル？　そんなものがあるのか」

「モグ。人間にはそういうのがないと聞いたモグが、わしらドリュー族は誰でも使えるスキルが一つあるモグ」

実際にそのスキルを見せてやると言うのでついていく。

向かったのは崖の下。そこでトレバーが地面に両手をつく。

「どとんモグ！」

え、ちょっと待って。ど、土遁？

ドリュー族って、忍者ポジションだったのか!?

ずずんっと振動があったかと思うと、トレバーの前にある崖に穴が開いた。

それからトレバーがすぐに横を向く。すると地面がモコッと盛り上がった。

何が起きた？

「ふぅ。これがどとんモグ。ある程度の範囲にある土を、任意の場所に移すスキルモグ」

「土を……移動させる？」

「そうモグ。まぁ主に掘った土を外に出すのに使っているモグよ」

思ってた土遁と違う……。

「わしらにとっては便利なスキルだが、なんせドリュー族は魔力が少ないモグ。二、三回使うと、疲れてしまうモグよ」

「そうなのか。魔力が増えれば、穴のサイズとかも大きくなったりするのか？」

「モグ。ちなみに穴は、こうして崖に開けることもできるモグが、もちろん、地面にも開けられるモグよ」

地面に――トレバーがにやりと笑う。

もしかして盗賊対策に落とし穴を掘るってことか。

「これなら事前に穴を掘らなくても、悪い奴らを一瞬で落とせるモグ」

「あっ、そうか。スキルだし、時間をかけずに落とし穴を作れるってわけだ」

「モグ。だが今のままだとこの通り、小さな穴モグ。だから魔力を成長させてほしいモグよ」

他にもトンネルを掘って、崖の移動も楽にしたいらしい。

あの燃える団子作りの場所へもトンネルを繋げれば、上り下りが減って移動も早くなるだろうって。確かにそれは助かるな。

大人は全員、魔力の成長を希望している。一度に全員、成長促進を使うのは俺の負担が大きい。そこで順番を決めて、数人ずつ成長させることにした。

そのことを帰宅してから、食事中にルーシェとシェリルにも話をした。

「ってことで、ドリュー族の魔力を少しずつ成長させることになったんだ」

「少しずつなの?」

「うん。まぁさ、どのくらいまで成長させてもいいのかわからないし」

それに関しては俺も同じだ。

魔法を使い過ぎて気絶するなんて設定の漫画や小説はよく見る。

ならその逆は?

突然膨大な魔力を手に入れたら、体は……精神は耐えられるんだろうか。

そんなことを一瞬考えたもんだから、怖くなって一気に成長させられなくなった。

ということもあって、手の空いた時に少しずつ成長させてみている。

「私たちも、魔力のことはよくわかりませんしねぇ」

「町に行けば魔術師がいるって、父さんが言ってたわ。そういう人なら詳しいんだろうけど」

「あぁ、西の町って所か」

「はい。でも遠くて……歩くと一カ月ぐらいかかるんです」

砂漠を一カ月も移動するのは、確かに無謀だよな。

けどあの盗賊たちは、砂船で二、三日って言ってたな。

船なら日中も走らせられるし、交代で操舵すれば二十四時間動かせる。

欲しいなぁ、砂船。

でも今のはいいヒントになった。

そうだよ。

魔力のことは魔術師がよく知っている。

魔術師じゃないが、魔法に詳しいおじさんがいるじゃないか。

「で、少しずつ成長させているんだ。でも一気に成長させても安全なら、一気に――」

「それはやめとけ。許容量を超える魔力を手に入れると、魔力が暴走して危ねぇぞ」

「やっぱりかぁ」

相談した相手はバフォおじさんだ。

悪魔である彼なら、いろいろ知っているだろう。

「魔力をな、水に例えるとする。で、それを入れる器があるとしてだ。突然、器に入りきらない量の水が現れたらどうなる？」

「まぁ、零れる？」

「そうだ。ダダ漏れだ。漏れるだけならいい。まぁ魔法が使える奴がそうなると、さっき言ったみてぇに暴走して危ねぇけどな」

だけど器が貧弱で、一度に大量の水を注ぐと……。

「器が壊れて、水を溜められなくなる。つまり魔力がなくなるってぇことだ」

「スキルが使えなくなるのか。それは困るな」

「使えなくなるだけじゃねえ。最悪の場合、死ぬかもしれねぇぞ」

「うえっ。マジか」

「お前ぇがちまちま成長させてたのは正解だ。できれば一度成長させたら、数日は置いた方がい。でだ、魔力を疲れるぐらい使うんだ。そうすりゃ、魔力を溜める器のサイズも大きくなりやすい」

　へぇ。器の方も大きくなるのか。

「器も成長させたり……できないかな」

「例えただけで、目に見えてる器じゃねえぞ。まぁできるできないはオレぁ知らねぇが、どっちにしろ突然大魔力なんて手に入れたら、スキルが暴走しかねねぇ。少しずつ慣らしていけよ」

「わかった。そうするよ」

「しっかし、お前ぇのスキルは、何でも成長させちまうんだなぁ」

「生きているものなら、ね」

　じゃ、ドリュー族に話しておくか。

　魔力の成長は三日に一度、少しずつ。成長した日は、疲れるまでスキルを使うこと。

　そういう計画で進めることになった。

　帰宅してそのことをルーシェたちに話すと、

「私も成長させてくださいっ」

　とルーシェが身を乗り出す。ついつい目線が彼女の胸に……せ、成長って、もしかして胸？

　いやいやいやいや。違う、断じてそうじゃない。

「私も。もっと強くなって、集落を守りたいもの」

「あ、魔力のことね」

「何のことだと思ったのですか？」

「いやいや、何でもないよ」

口が裂けても言えない。

「魔力もだけど、ユタカみたいに身体能力も成長させてほしいわね」

「あ、私もです。もっと俊敏に動けるようになったらって、いつも思っていました」

まだ強くなる気か。

むしろ俺が成長して、やっと追いつけそうなとこなのに。

「し、身体能力の方はその……お、俺も男だし……女の子を守ってあげたいじゃん」

「え？　ユタカさんが、私たちを？」

「な、何言ってんのよ。守られるほど、弱くないんだからっ」

「そうだけど。でもやっぱり守りたいんだ。二人には世話になってばかりだしさ」

「そんなこと……私たちの方こそ、ユタカさんには助けられています」

そんなルーシェの言葉に、シェリルも頷く。

「ユタカさん。あなたが私たちを守りたいと思ってくださるように、私たちもユタカさんを守りたいんです」

「そうよ。どちらか片方だけ守られるなんて、不公平じゃない」

「だからこうしましょう。三人が同じような強さになるよう、成長させてください」

「二人も……俺を……」

そうだ。二人は初めて出会った時もそうだったじゃないか。

俺を守ろうとしてくれた。

二人は戦士なんだ。か弱いヒロインじゃない。

そうだ。三人で強くなればいい。

そのためにも――。

「じゃ……俺がもう少し成長しなきゃな」

「え?」

「だって俺の方が弱いじゃん。そもそも二人の身体能力って、ビックリするほど高いんだぞ」

「そ、そうなの、ですか?」

「き、気にしたことなかったわ」

そりゃそうだろう。自分たちのことなんだし。

今二人の身体能力を成長させたら、差が開くばかりだ。

「もうしばらくお待ちください」

「わ、わかりました」

「む、無理しなくていいんだからね」

「いや。二人を守るためだから、頑張るよ」

と拳を握りしめ言ったところで、盛大に腹が鳴った。

やや間を空けて、二人が笑い出す。

「……ごめん。ほんっと空気の読めない胃袋でごめん」

「ふふ、ふふふ。いいんです」

「あはは。ご飯にしましょう」

「ですね」

くそぉ、俺の胃袋めぇ。

だがナイスだ。

ちょっと恥ずかしいことを言ったから助かった。

あぁマジで俺、なんて恥ずかしいことを。

あれじゃまるで、プロポーズみたいじゃねえか。

あぁ、なんでバフォおじさんのにやけ顔が浮かぶんだよ‼

◇
◆

「父ちゃんたちだけずるーい」

「「ずるーい」」

ある日、ドリュー族のお子様方が頬を膨らませて抗議をしに来た。

一番チビのリナ五歳の頭を撫でてやると、えへぇっと笑顔になる。

「リナっ。今ボクたちはユタカ兄ちゃんに激オコなんだぞ」

「あっ。お兄ちゃま、撫で撫でしちゃメっ」

メって言われてもなぁ。かわいいだけなんだよなぁ。

「あらあら、どうしましたか？」

「みんな集まっちゃって、どうしたのよ」

ルーシェたちもやって来て、ぷぅっと頬を膨らませている子供たちを撫でた。

小さな子は嬉しそうに顔が緩んで、それから慌ててキリっとする。

「ユタカ兄ちゃんが、父ちゃんたちだけ魔力の成長をさせてるんだ。ずるいよね！」

「え……ず、ずるい、ですか？」

「何言ってんの。あんたたちはまだ小さいんだから、今は魔力を成長させる必要ないの」

「なんでだよ！」

「オレたちだって、この集落を守る義務があるんだっ」

義務なんて難しい言葉を使っているのは、お子様軍団最年長の十三歳クリフだ。

やんちゃなトミーに比べて大人しい男の子だが、最年長だけあって他の子の面倒見がいい。

だから人一倍、自分がしっかりしなきゃって責任感はあるんだろうな。

まぁクリフが「他の子を守るために」って言うならわかるんだけど、なんでリナみたいな小さな子まで……。

「ど・と・ん」

「ど・と・ん」

子供たちが合唱するように、どとんどとんと言い始めた。

はっはーん、こいつら……。

「まだどとんをちゃんと使えないんだろう？」

「ぎくっ」

「やっぱりな。それで魔力を成長させれば、使えるようになると思ってんだろ」

「ぎぎくっ」

トミーとクリフを見ると、こちらはそうでもないらしい。

「父ちゃんたちが悪い奴らと戦っている間、ボクらがチビたちを守らなきゃいけないんだっ」

「トミーの言う通りです。だからオレたちの魔力も、成長させてくださいっ」

「トミー、クリフ……」

「みんな立派ですね。家族や仲間を守りたいという気持ちが、ちゃんとあるのですから」

「そうね。砂漠の民は助け合わなきゃ生きていけない。それを知っているこの子たちは、凄く立派だと思う」

と、予想外にルーシェとシェリルが二人の味方をする。

更にそこへ。

『ジャー、ボクノ魔力モ成長サセテヨォ』

と、見た目は大きいくせに中身はお子様なアスまで出てきてしまった。

でもなアス。

たぶん今の状態でも、俺たちと比べたらすげー魔力量だと思うぞ。

「まぁいいじゃねーか」

「バフォおじさんまでっ」

子供と散歩中だったようで、バフォおじさんの周りには四匹の仔ヤギがいた。

仔ヤギかわいい。

近づいてきた一匹を撫でようと手を伸ばすと、バフォおじさんに唾を飛ばされた。

「娘に手ぇ出すんじゃねーっ。嫁にゃやらねぇーぞ！」

「雄も雌も、俺には区別つかねーよっ」

「何だと！　お、お前ぇ……雄も雌もどっちもイケる口だってぇのか⁉」

「そうじゃなぁーい！」

俺とバフォおじさんのやりとりを、ルーシェたちは笑いを堪えて見ている。

ドリュー族の子供たちが、俺から一歩離れる。

おい、誤解してるじゃないか‼

まぁ小さい子らは、あまり理解していないようだけど。

「は、話を戻すっ。なんでバフォおじさんは、いいと思うんだ」

「あ？　そりゃお前ぇ、小せぇうちから成長させた方が、魔力が体に馴染みやすいからだ」

バフォおじさん曰く――。

同じ魔法の才能を持った子がいたとして、五歳から修行した子と十五歳から修行した子では、それぞれが二十歳になった時にはずいぶん差が出るという。

そう説明されると、納得しないわけにはいかない。

それに子供というのは自然に任せても成長するものだ。

それに引き換え、大人は肉体的な成長がほとんどない。

同じ条件で強引に魔力を成長させても、大人たちより子供たちの方が上手く馴染んで、予想外な成長も期待できるかも――と。

「魔力が増えりゃ、新しいスキルに目覚めるかもしれねぇだろ？」

「え？　そうなのか⁉」

「なんとなく言ってみただけだ。べェーッヘッヘ」

殴(なぐ)りたい。

「ユタカさん。私たちからもお願いします」

「ルーシェ……」

「この子たちの気持ち、私たちにはわかるのよ」

「シェリルまで」

「前に……中型のモンスターがここに入り込もうとしたことがありまして」

入れないとわかると渓谷の入り口に陣取って、人間が出てくるのを待っていたという。

しかも十数匹の群れで。

「獲物がいるとわかると、モンスターはそこから動かなくなります。砂漠ではモンスターも獲物を探すのが大変ですから」

「だから倒すしかないの。それで……父さんが……」

「私たちはまだ未熟でした。だから一緒に連れていってもらえなかったんです」

二人や集落の人たちの親兄弟……合わせて五人が集落を守るために、モンスターと戦い、みんな、命を落としてしまった――と。

「もう少し私たちに力があれば、一緒に戦えた」

「私たちがいたらみなさんが生きていたのになんて言いません。でも……後悔しない日はないんです」

後悔……か。

俺の両親は交通事故で亡くなった。

大雨が降っていて、傘を忘れた俺が迎えに来てくれって電話で頼んだんだ。

そのまま外で飯でも食おうって、母さんと一緒に親父が学校に向かっていた。

そして……事故に遭った。

信号待ちをしているところに、雨で前がよく見えなかったという車が突っ込んできて……。

俺が傘を持っていれば、俺が迎えに来てくれと言わなければ……。

そう、雨の日にはいつも後悔していた。

この子たちも、自分たちが何もしないでもし大人たちが命を落とす――いや、怪我をしただけでも後悔するんだろうな。

「わかったよ」

そう伝えると、子供たちは嬉しそうに飛び跳ねた。

だがな。

「みんなを一度に成長させてたら、俺の魔力が底をつくだろ！　順番だからなっ」

「「はーい」」

『ハーイ』

待って、アスは待って。

ほんと、俺の魔力が干からびるからっ。

その頃、砂漠では……。

「たかがドラゴンの幼体一匹捕まえられないとは。盗賊の質も、ずいぶん砂(ち)に落ちたものです」

砂船で戻ってきた盗賊らを、憎々しげな表情で出迎えるひとりの男。

ユタカたちに助けられた、あの商人だ。

「くっ。そうは言うがな、商人さんよぉ。話がまったく違うじゃねえか。人の生命力を吸い取る、化け物みてぇな野郎がいるなんて聞いてねぇぞ」

「泣き言なんて聞きたくありません。これでは報酬をお支払いすることはできませんよ」

「な、何だと！」

盗賊頭が語気を荒げると、商人を護衛する傭兵たちが身構える。

何人かが逃げ遅れて生死不明とはいえ、それでも盗賊らの人数の方が勝っている。だが満身(まんしん)創痍(そうい)の状態では、傭兵に勝てる気がしない。

頭は諦めて、その場に座り込んだ。

「はぁ……欲しい。あのドラゴンの幼体が欲し……ん？」

商人の視界に、信じられないものが映った。

砂漠の真っただ中を、全身フルアーマーで歩く一行だ。

「ふむ……あのマントに描かれた紋章……ゲルドシュタル王国の騎士ですね。内陸の王国騎士が、いったいどうしてこんな砂漠に？　それに神官、あれは魔術師でしょうか。ふんふん。お金のニオイがしますよぉ」

そう言うと商人は揉み手をしながら、砂漠を行く奇妙な一行へと近づいた。

奇妙な一行とはもちろん、ユタカの捜索に来た騎士たちのこと。

彼らも商人一行の存在に気づき、ふらふらとやって来た。

「いやいやいや。砂漠に騎士様がいらっしゃるとは。いったいどうなさいましたか？」

「ぜぇ、はぁ……ひ、人を、探して、いる」

「左様でございますか。しかし、ずいぶんとお疲れのようですね。ささ、どうぞどうぞ。わたくしの砂船でお休みください。ゆっくりお話をお聞きいたしましょう」

普段であればこんな胡散臭い男の言葉など信用しない彼らであったが、既に何日も砂漠を彷徨い、判断能力も低下している。

ぼぉっとする頭で考えることなどできるわけもなく、商人に言われるまま砂船へと乗船する。

そこで日陰、そして冷えた水を提供されて喉を潤すと、ペラペラと事情を商人に話した。

「ほぉ。ではみなさまは、このダイチユタカという少年を捜しているのですね」

「あぁ、そうだ。こんな砂しかないような土地で、どうやって捜せばいいんだ」

小隊長は五杯目の水をがぶ飲みしながら愚痴る。

似顔絵を手にした商人は「下手くそな絵だ」と思いながらも、同時に「これは使えるぞ」とほくそ笑む。

「隊長殿。わたくし、この砂漠で行商をしている者でして。商売柄、あちこちの集落にも行くのですが、この少年、見たことがございます」

「何⁉　ほ、本当か？」

「はい。本当でございますとも。嘘なんて言ったところで、銅貨一枚にもなりませんから」

真っ赤な嘘である。

行商はしているものの、集落まで行くことはない。

そして似顔絵の人物など、見たこともない。

実のところ見ているのだが、似顔絵があまりにもアレなせいで商人自身は別人だと思っている。別人だと思っているのに何故見たなどと言ったのか。

（こいつは利用できますねぇ）

商人の思惑など知る由も（よし）なく、捜索隊は彼の言葉に耳を傾けた。

そして商人の協力を得て、彼らは北を目指すことになる。

「おぉ！　ははは、こりゃ楽しいな」

「ふんっ。くっ——ここまでか」

集落の大人たちも「身体能力を成長させてくれ」と言うので、暇を見つけては少しずつ成長させるようになった。

小川の向こう側を本格的に農地にするため、力仕事も増えてきている。

成長させることで作業が少しでも楽になるならって思ったんだけど。

たった一回の成長で、どうしてこんなことに。

トランポリンがあるわけじゃないのに垂直跳び三メートルとか、丸太を二本同時に担いだりとか……この世界の人間は素の身体能力が高過ぎるんだよ！

俺だって最近やっと、丸太一本担げるようになったとこなのにさ。

そんなある日だ——。

「旗を持った人間たちが来るモグよぉぉ」

という声が、谷に響いた。

旗？

崖を登って、新しく建てた見張り台に向かう。

「あそこモグよ」

「ほんとだ。旗だ」

「砂漠の盗賊かしら」

「この前の？」

「わかりませんが、砂漠の盗賊の中には旗を掲げている連中もいるそうなんです」

「でもこの辺りで盗賊って、そもそも見かけないし」

　この前の連中はアスを狙う商人に依頼されてここまで来ただけで、普段はずっと西にある町の近くにいると話していた。

　それにしても旗を掲げた盗賊か。まるで海賊みたいだな。

　ただ、あれは盗賊じゃないと思う。何故かって言うと。

「砂漠で……フルアーマー……」

「あの方々は死ぬ気なのでしょうか？」

「あんな恰好でよく生きてるわね」

　まったくだ。

　照りつける日差しを反射して、ギラギラと眩しく輝く奴らが何人かいる。

　暑いってもんじゃないだろうなぁ。

　あ、旗持ってる奴が倒れた。

「助けるモグか？」

「んー……周辺の集落の人じゃなさそうだし、いいんじゃないかなぁ」

「この前の連中みたいなのだったら、むしろ助ける必要ないものね」

「私もそう思います」

真っすぐこっちに向かって来るあたり、集落の存在を知っている奴らだ。

だけどご近所さんではない。

となると、この前の連中の仲間だという可能性の方が高いな。

にしても、鎧(よろい)を着てマントも羽織って、旗持ってって……あれじゃまるで、どっかの騎士みたいだ……な？

まさか、俺を召喚したあいつらか!?

倒れた旗持ちは、誰かが近づいて何かやると起き上がった。

「おぉっと。ありゃオレがでぇっきれーな聖職者だな」

「聖職者？　ってことは、今のは回復魔法を使ったのか」

「その通りだ。ちーっとオレ様は後ろに引っ込んでるぜ」

さすが悪魔。聖職者は苦手らしい。

騎士に聖職者……じゃああっちのローブ着た奴は魔術師とか？

「ユタカさん、どうされますか？」

「人数が多いわね」

騎士の方は十人ぐらいか。聖職者、魔術師がそれぞれ二人ずつぐらい。

純粋に人数だけならこっちの方が多いけれど——もしどこかに隠れている連中がいたら……。

「備えだけして、向こうの出方を待とう」

「ならみんなに伝えてくるわ」

しばらく奴らの動向を窺ってみたけど、向こうから攻撃してくる気配はない。

「俺たちも下りよう」

「わかりました」

「モグ」

そして下へ行くと、変な音が木霊し始めた。

「我々は（われわれはんはんわれわれはん）である（であるあるある）」

なんか声がめちゃくちゃ反響しまくってて、何を言っているのかわかんねぇよ。

その後もずーっと何か喋ってんだけど、何度も何度も声が木霊してて内容が聞き取れない。

「だぁーっ。うっせーな！」

「あ、バフォおじさん」

「誰でぇ、渓谷ん中で拡声魔法なんか使うバカはっ」

「あぁ、あれ魔法なのか」

引っ込んでるぜと言ったバフォおじさんも、あまりのうるささにまた出てきた。

はぁ、仕方ない。

「シェリル。ちょっと一緒に来てくれないか？」

「え、いいけど」

もう一度上に上がって、拡声器を使っていそうな奴に矢を射ってもらった。

もちろん怪我をさせるつもりはなく、鎧にこつんと当てる程度だ。

命中すると、狙い通り叫ぶのをやめて辺りをキョロキョロし始めた。

こっちの位置は理解していないようだ。

「渓谷に声が反響してうるさいんだよ！　普通に喋れっ」

と俺が怒鳴ると、相手は上を見た。一応顔を引っ込めておこう。

「それならそうと早く言え！」

なんで逆切れしているんだよ。

「ここにダイチユタカという若い男がいるだろう！　今すぐ差し出せっ」

やっぱり、あの連中か。

それにしても、今更なんの用があるって言うんだ。

「あいつら、ユタカのことを知ってるの⁉」

「俺を砂漠に捨てた奴らの仲間――いや、部下だ」

「じゃ、悪い魔術師っていう？」

頷いて答える。

「そんな奴はいないっ」

「嘘をつくと、貴様らのためにもならんぞっ」

はい、嘘です。

「ユタカ、どうする？」

「んー、あいつらにここの場所を教えたのは、絶対あの盗賊どもなんだよなぁ。でもあいつらの姿は見えない」

「そう、ね。見えないわね」

「集落の場所を教えるだけって、そんなわけないよな。絶対この騒ぎに乗じて、アスを狙ってくるだろうし」

「じゃ、どこかに隠れているわね。西側と東側を見てもらうように伝えてくるわ」

「頼むよ。俺はここで時間を稼いでいるから」

シェリルが行ってから、崖下を覗き込む。

向こうも一応警戒しているみたいだ。

「そのダイチなんとかってのが、偽名を使っているのかもしれないっ。最近、砂漠で行き倒れていた奴を拾った。だから少し待っててくれっ」

「ふん。話が早くて助かる」

「ところで、差し出したら代わりに何をくれるんだ？」

しばらくして、

「金貨を十枚やろうっ」

と返ってきた。

砂漠で金貨なんかあったって、何の役にも立たないんだよ。

それを伝えると、またしばらく待ってから、

「砂糖を知っているか!?　砂漠では手に入らない貴重なものだぞっ」

と、交渉を持ちかけてきた。

あ、砂糖は間に合っているので必要ないです。

塩もある。

胡椒もある。

コリアンダー、クミン、唐辛子、シナモン、うんぬんかんぬん。

カレーを作るスパイスはある。煮物を作る調味料もある。

普通に料理するには困らない調味料が、既にあるんだよな。

むしろあいつら、しょうゆとかみりんは持ってないだろう。

俺持ってるぜぇー。

と、ひとりでマウント取ってると、

「返事はどうしたぁ！」

と、少しイラついたような声が聞こえた。

「あー、悪い悪い。砂糖はいらないかな」

「なっ。さ、砂漠では手に入らないんだぞ！」

「いや、持ってるし」

「何だと⁉」

その時、遠くで「メェーッ」というヤギの声が聞こえた。

バフォおじさんの奥さんの誰かか？

すぐにバフォおじさんの声が聞こえる。

『かみさんがな、東の崖を登ってくる見慣れない人間がいるとさ』

遠くで聞こえているようなおじさんの声。こっちも魔法で音を届けているようだ。

そしてやっぱりいたなぁ。

「欲しいものをみんなと相談して決めるから、三十分ほど待ってくれっ」

「十五分だ！　十五分だけ待ってやる‼　それ以上は待てん！」

暑いからだろうな。

だったら鎧なんて着てこなきゃいいのに。

インベントリから種を取り出してスキルを発動させる。

また今度、焼きたけのこしようっと。

三分後から成長するよう指定して、種を渓谷沿いにばら撒いていく。

そのまま崖を下りて、みんなと合流する。

さぁ、作戦開始だ。

「五分後には来ると思う」

たぶん今頃、俺たちがバカ正直に「欲しいもの相談」している——と思っているだろうな。

あちらさんは「十五分」と言ったが、それよりも早く突撃してくるはず。

待ってやると言って待たないのが、悪役の王道。

そんな王道に付き合ってやる必要なんてない。

もちろん、あいつらが本当に待ってくれるかもしれないから、こっちから何かする気はない。

ただ、奴らは別だ。

バフォおじさんの奥さんが見つけた、見慣れない人間。

奴らは「この前来た悪い人間に似ている」とのことだ。

「盗賊のみなさんにはご退場願おう」

崖の上に向かって手を振る。

それに応えるのは大きな爪を持つドリュー族たちだ。

上の方から「どどん」という声が聞こえ出すと、同時に悲鳴が木霊した。

崖を登ってくる盗賊たちの頭上で、土が大量に降り注いだらどうなるだろう。

聞こえてくる悲鳴が全てを物語っていた。

反対側の崖からも、同じように悲鳴が聞こえてくる。

そっちには移住してきたお隣さんとアスがいる。

アスには土の精霊魔法があるし、盗賊どもを崖から落とすのも簡単だろうな。

「来ないわねぇ」

「まだ来ませんねぇ」

「まぁ竹って、意外と頑丈だからね」

俺たちはやって来るであろう騎士たちに備えている。

すぐに侵入できないよう、それと向こうの体力を削るために竹を用意した。

時間差で成長するようにしてあるから、今頃狭い谷底は竹林になってるだろう。

しばらくして、パカンパカンという音が響いてきた。

その頃にはドリュー族から「盗賊は片付いたモグ」という報告も入っている。

「あー、そろそろかなぁ」

「やっとね」

「待ちくたびれてしまいますね」

「君ら、緊張感ないな……」

オーリが後ろで呆（あき）れていた。

やっと現れたご一行様は、疲れ切ったご様子。竹林伐採、ご苦労様です。

「きさ……貴様らぁっ。ダ、ダイチ、ユタカを……今すぐ出せ‼」

「めちゃくちゃ息切れしてんじゃん」

「だま、れぇ！」

「ちなみにお捜しの人物は俺なんだけど？」

と自己紹介すると、先頭にいた隊長っぽい奴が首を傾げる。何やら紙を取り出して広げると、俺とその紙を交互に見比べた。

「はっ。どこまで我らを、愚弄、するっ」

「ダイチユタカを出せっ」

「匿（かくま）うというなら、痛い目に、遇わ、せるぞっ」

「いやいや、本当に俺が大地豊なんだってば」

なんで信用しないんだ？

「お前ではないっ。こいつだ！」

隊長がこちらに向けて広げた紙に、絵が描かれていた。

たらこ唇で、ものもらいを患ったように腫れた瞼。髪もぼさぼさ。そばかすまである。

「「誰？」」

ここにいる集落の人全員がツッコんだ。

いやあれ、かなり酷いぞ。あれが俺？　嘘だよな？

「こいつがダイチユタカだ！　知らないとは言わせんぞっ」

「ダイチユタカは知っているが、そんな腫れた顔の男は知らん」

「っていうか、下手くそ過ぎないその絵？」

「ユタカさんはもっとステキなお顔立ちですっ」

あいつら、あの絵だけを頼りに俺を捜していたのか？

いや、むしろあの絵で俺だとわかった盗賊たちはどうなっているんだ？

あんな顔だって思われてたってこと？

なんか凄いショックです。

ようやく理解したのか、隊長が似顔絵と俺とを見比べて、指さした。

だから頷いて応える。

「お前がダイチユタカか⁉」

「こ、こそこそと隠れやがって」

「うん、まぁさっきは嘘ついて悪かったよ。でも今は隠れてないから」

「だ、黙れっ。今すぐ我々と一緒に来いっ」

「だが断る」

「何だと⁉」

「俺をぽい捨てしたくせに、今更何だっていうんだ」

「き、貴様には関係ない！　来ないというなら、力づくでも連れていく！」

隊長がそう言うと、騎士が全員剣を抜いた。

同時にこちらも武器を構える。

俺の武器は――。

「〈成長促進〉」

これだ。

投げたのはトマトの種。一気に成長するよう指定したから、地面に落ちた瞬間ににょきにょき伸び始めた。

伸びた蔓が騎士の足に絡みつく。

一本二本なら別にどうってことはないだろう。

でも二十、三十の蔓が巻き付けば、さすがに邪魔だろ？

「な、何だこれは!?」

「ト、トマト？」

「何をしているんですか！　あいつを連れて帰らないと、王女に――くそ、焼き払ってやる！」

あ、おい。魔術師がトマトを燃やそうとしているぞ。

トマトはそのまま食べるのが美味しいのであって、焼きトマトは微妙なんだよ！

「〈ファイアー……〉」

「ンメェー」

この声は……バフォおじさん……とこの仔ヤギ⁉

崖から下りて来たのかっ。

「ひっ――〈ボォール！〉」

突然現れた仔ヤギにビビって狙いが狂ったのか、魔術師が放った火球はその仔ヤギへと向かって飛んでいく。

まずい！

「逃げろっ」

間に合わないっ。

「「どとん」」

「どとん」「どとん」「どとん」

頭上から聞こえてきたどとんの合唱。

崖に立つ仔ヤギの足元に、まるでキノコ階段のように土がニョキっと生えた。

火球はその土にぶつかって四散する。

「やった！」

「オレたちが仔ヤギを守ったぞぉ」

「やったぁ」

「ヤギちゃん、早く逃げるおぉ」

崖の上にいたのは、トミーやクリフ……ドリュー族の子供たちだ。

あいつら、岩塩洞窟に隠れていたはずじゃ。

だけど。

「よくやったぞ！」

そう言って拳を突き上げると、子供たちも元気に「「おー！」」と応えた。

「あの子たちの魔力、成長させて正解だったわね」

「子供たちも立派な戦士ですね」

「まったくだ」

ドリュー族の子供たちの傍には、人間族の子供たちもいる。

こちらは石を投げ、応戦している。この子らも逞しいなぁ。

あと、子供たちの隣にアレがいた。

「みんな、少ーし下がろうぜ」

「え？　どうしたの」

「何かあったのですか、ユタカさん」

「いや、これからあるんだよ。おーい、お前も下りてきてこっち来ーい」

仔ヤギを呼ぶと、メェーっとかわいい声で鳴きながらやって来た。

その直後だ。

「お前ぇら、オレ様のでぇじな倅に……何てことしやがんだあぁぁぁぁっ」

地獄の門が開いた――と思う。

◇
◆

「わぁ～、蝶々さんだぁ。かわいいなぁ～」

「うふふ。うふふふふ。ぼくを捕まえてごらぁ～ん」

「あわわわわ。あわわわわわわわっ」

ひとりを除き、大の大人が脳内お花畑になっててちょっと気持ち悪い。

息子の命が一瞬でも危険にさらされたことで、バフォおじさんの怒りゲージがブチ切れた。

その結果、彼は騎士団ご一行の魂の九割を刈り取ったのだ。

刈り取らなかった一割には「幸せ成分」だけが残されている。

おじさん曰く「他人の幸せなんざ見ても面白くねぇ」だそうだ。

刈り取った魂を食べるのかと思ったら、ぽいっと捨ててしまった……。

「ねぇユタカ。ちょうちょって何？」

「シェリルちゃん。ちょうちょうさんと言ったら、町で一番偉い人のことよ」

「あぁ、そっか。え、町長がかわいいの？」

二人とも、それ違うから。

そうか。砂漠じゃ蝶々なんていないもんな。

でも山の上の方だと花も咲いているし、いないこともないんじゃないかな。

とはいえ、花が咲いていない地表近くには下りてこないか。

いつかここにも花をいっぱい咲かせて、みんなに蝶々を見せてやりたいなぁ。

あ、蜂もいいかもしれない。

養蜂ができれば、ハチミツだって手に入るし。

「っと、夢ばかり見てないで、こっちを片付けるか」

「殺るか？　オレぁいつでもいいぜ」

「いいよ、バフォおじさん。こいつらはそのまま送り返す。でもその前に」

いろいろ聞きたいことがある。

「なんで今更、俺を連れ戻そうとしたんだ？　わかる範囲でいいから、素直に答えてくれよ。じゃなきゃ、このおじさんが怒り狂うからな」

「ベエェェッヒヒ」

「ひぎゃあぁぁぁぁぁぁぁっ」

とっておきの笑みを浮かべるバフォおじさんを見て、ひとりだけ無事だった魔術師が悲鳴を上げる。

バフォおじさんの方は楽しそうだ。

まぁ悪魔だしなぁ。他人に恐怖されるのなんて、ご褒美みたいなものだろう。

ひとり無事なのは、おじさんの息子に火球を飛ばした奴だ。

だからこそ、余計に怯えている。

自分がしでかしたことで仲間が全員、幸せ廃人になってしまったんだ。

しかもヤギ相手に。

まぁ相手は魔術師だ。おじさんの正体にもきっと気づいているだろう。

「はははははっは、は、話しますっ。話しますっ。じ、実はゲル、ゲルドシュタル王国の国庫で火災が起きて、穀物が全て消失したのですっ」

「ふぅーん」

「それに地方では干ばつ、害虫による被害で、今年は凶作でして」

「ふぅーん。それで俺なのか」

魔術師は頷く。

「あ、あなた様がお戻りになられれば、国は助かるのです」

「それは無理だろ。俺のスキル、成長させる年数に応じて魔力を消耗するんだ。数十人を食わせるぐらいなら可能だけど、数百人になるともう無理だぞ」

「……え?」

「野菜ってさ、種植えから収穫まで、早いのだと一カ月ぐらいだろ?」

はつか大根とかがそのくらいだ。

魔術師は首を傾げながらも一度頷く。

「俺の魔力だと、大雑把だが三〇〇年分しか成長できないんだ。一カ月で収穫できる野菜だと、何株成長させられると思う?」

魔力を成長させているから、今だと実際もっと長い年数を成長させられる。

でもこういう時は少なく見積もった方がいい。

そして自分でも計算してみた。

一年で十二株。三〇〇年だと三六〇〇だ。

「大根三六〇〇本が限界なわけ。それで何人分の食料になる?」

「え、えっと……だ、大根だけでしょうか?」

「まぁ大根じゃなくてもいいけど、ジャガイモとかだと収穫までプラス二カ月だ。まぁ種一つで実るジャガイモの数は多いけど、俺のスキルは一種類につき三〇〇年分の成長ができるわけじゃない。魔力量が三〇〇年分しかないんだ。魔術師ならわかるよな?」

「は、はい……せいぜい百人分の食料を、毎日栽培するのが限界……しかも魔力が枯渇すれば、数日はスキルを使えなくなるはず」

え、そうだったのか？　それは知らなかった。

今まで完全に枯渇させたことはなかったもんな。気をつけよう。

「ま、そういうことだから諦めてくれよ」

「そ、そんな……」

「大変なのはわかるけど、砂漠ほどじゃないだろ。ここじゃ作物がまともに育たないんだ。とまぁ、この状況じゃ説得力ないか」

ツリーハウスに木陰用の木、今は花が散ってしまった葉桜、そして雑草もあちこち生えているし、何より畑には野菜が実っている。

でもこれは……。

「これは、俺のスキルで強引に育てたヤツだ。俺がいるからこうなのであって、他の地域ではその日食べる物にも困る状況だ。あんた、一日三食、毎日食べてるか？」

「は、はい。もちろんです。空腹で魔法を使えば、魔力の消費量が無駄に増えますから」

へぇ、そんなこともあるのか。

これからスキル使うのは飯の後にしようっと。

「俺が来る前まで、ここの人たちは一日二食が当たり前だったらしい。時には一食の時も。野菜は痩せ細って、種類も少ない。葉っぱも全部残さず食べても、足りないぐらいだったんだ」

「でもあんたは食べるものに困ったことはないんだろう？　倉庫が燃えようと、今年が不作だろうと、食料なら他国から買えばいい。それで解決できる。ここじゃお金があったって、野菜は手に入らないんだぜ」

「うぅぅぅぅ」

あ……あれ？

お、おいおい。なんで泣くんだよ。

「ちょっと、泣き出しちゃったじゃない」

「お、俺のせいじゃないしっ」

「魔術師さん」

オーリの奥さんのエマが、キャベツを持ってやって来た。

なんでキャベツ？

「どうぞ、これをお持ち帰りください」

「お、奥さん……」

「これだけしか差し上げられませんが、このキャベツという野菜はとても美味しいんですよ。ユタカさんのおかげで、私たちもこんなステキな野菜を食べられるようになりました。あなたにもぜひ味わっていただきたいのです。それからこれが種です。これを育てて、そして増やしていってください」

　エ、エマ……なんて優しい人なんだ。

　でもあっちじゃキャベツの種なんていくらでもあると思うよ。

「おじちゃん。どうじょ」

「え？　こ、これもくれるのかい？」

「えへぇ」

　小さな子がサツマイモを抱えてやって来た。

　移住してきたご近所集落の子だな。

「その子の今日のおやつにしようと思っていたサツマイモよ。それ持ってとっとと帰りな」

「おやつ……」

　受け取ったサツマイモをじっと見つめ、また魔術師は泣きそうになっていた。

　魔術師の心に響いたようだ。

　大泣きしながら「ありがとう、ありがとう」っと頭を下げている。

「はぁ、仕方ない。じゃあ俺からも手土産を持たせてやるよ」

「え、手土産……ですか？」

　準備をするからと魔術師を待たせて、ルーシェに大きめの袋を用意してもらう。

「これぐらいの袋でよろしいですか？」

「あぁ、ありがとう。じゃ、インベントリ・オープンっと。そうだ、帰るのに何日かかるんだ？」

「あ、えぇっとですね。魔法陣を展開するのに半日ほど……」

ずいぶんとかかるもんだな。

「べへ。オレ様が手伝ってやるさ。一瞬だ、一瞬」

「そっか。じゃ――」

その種は大き過ぎて、一度に一つずつしか手に持てない。成長促進をかけては袋に入れ、種を取り出しては成長促進をかけて袋に入れ……三十個もあればいいかな。

三十分後に成長開始でいいか。もちろん一気に育ってもらおう。

「よし。あんたの主人に、必ずこれを渡してくれ。栄養満点だぜ」

「あ、ありがとうございます。必ずや王女にお渡しいたします」

「ところでもう一つ聞きたいんだけど、いいかな？」

「は、い？」

俺はお花畑の隊長から紙を奪い取った。

バッと広げて魔術師に見せ、似顔絵を指さした。

「これだよ！　この似顔絵、誰が描いたんだ⁉」

「え、あ、それは確か、ヤマダという方が」

「山田？　でもあいつ、絵は上手かったはずだけど」

「シーザー殿が、あまり似ていないと言って手を加えたそうです」

やっぱりあいつかあぁぁっ。

なんだよこれっ。美術Ｃかよ！

それから魔術師は何度も頭を下げ、指輪を一つ外すとそれを踏みつけた。

その場に展開した魔法陣は色が薄く、光りもしていない。

バフォおじさんが蹄（ひづめ）で魔法陣を踏むと、一瞬で光り始める。

「さぁさぁ、帰んな」

「あ、はい……えっと、いろいろご迷惑をおかけしました。ダイチ様のこと、王女にはちゃんとお伝えして、諦めていただくようお願いしておきます」

「そうしてくれ。じゃ、必ず渡してくれよ」

魔術師の男は仲間を魔法陣に押し込むと、最後には自分が飛び込んだ。

「追い返すだけでよかったのか？」

「あいつらだって仕事なんだろうしさ、一度くらいは許してやらなきゃと思って。それにバフォおじさんだって、あいつらを殺さなかったじゃないか。ずいぶんと優しいじゃん」

「ば、ばぁーろー。オレぁいつだって殺れるんだ。お前と一緒にすんな」

そう言いつつ、どこか照れくさそうにしている。

家族を持つと、悪魔でも丸くなるもんだな。

「お豆、喜んでくださるといいですね」

「ん？　あぁ、そうだな」

ルーシェは純粋に、食糧難で苦しむ人にあれを送ったと思っているようだ。

あれは俺からのお礼なのさ。お礼。

そんなルーシェの隣で、少し神妙な顔をしたシェリルがいた。

「ユタカ。ね、あんた本当に、その……いいの？」

「ん？　何がだ、シェリル」

「本当に向こうへ戻らなくて、いいのかなって」

シェリル。どういう意味なんだ？

「だって……向こうに行けば、暑さや渇きを気にすることもないんでしょ？　それに、ここだとあんた、朝からずーっとみんなのためにスキルを使って、畑を耕してって、自分のやりたいことも何もできないじゃない」

「そう、ですね。私たちはいつも、ユタカさんのスキルに頼ってばかり。ユタカさんのことなんて、これっぽっちも考えていないのかもしれません」

「何を言っているんだ二人とも」

確かに朝から野菜を成長させて、木を成長させて、ミミズを成長させて、人を成長させてと、スキル使いまくりだ。

人に関しては頼まれたものだけど、その他は違う。

やりたいことがあるから、その下準備としてやっているだけ。

「せっかく授かったスキルなんだ。本当に必要とされる場所で、俺自身の意思で使いたいんだ。頼まれるのもいい。でも、命令されて使うのだけは嫌だ」

「ユタカ……」

「ユタカさん」

「それにさ。俺の家はここにあるんだ。砂漠のここに。この砂漠をいつか……まだ、できればだけどさ、俺のスキルで緑が溢れる土地にできればなぁって……思っているんだ。だからさ、ここにいさせてくれよ」

これまでただのうのうと生きてきた。将来の夢も何もなく、ただ生きてきた。

この世界に来て、スキルを授かって、砂漠に捨てられて、そして生きる目的を見つけたんだ。

やれるだけやってみたい。

「緑が溢れるか。そいつぁ嬉しいねぇ」

「バフォおじさんは飯が増えるから嬉しいって言うんだろ？」

「その通りだ。ベーヘッヘッヘ」

今だって毎日、腹いっぱい草も野菜も食べているだろうに。

二人で笑っていると、ルーシェたちも釣られて笑みを浮かべた。

そう。二人には笑っていてほしい。これからもずっと。

「そ、そう。あんたがここにいたいって言うなら、好きなだけいればいいじゃない」

「ふふ。シェリルちゃんは本当に素直じゃありませんねぇ」

「な、何よ」

うぅん。実にツンデレだ。

でもこの分だと、追い返したいわけじゃなさそうだ。

俺のことを心配して言ってくれたんだろう。

ありがとう、シェリル。ルーシェもな。

「ところでさ、どうやったらこれがユタカに見えるのかしら」

「まったくです。捕まえた盗賊に聞いてみましょうか？」

ルーシェとシェリルが似顔絵を見ながらプリプリと怒り出した。

そうだな。聞いてみよう。

「ま、まさか本人だったとは、知らなかったんですっ」

「雇い主の野郎が騎士を騙して、騒ぎに乗じてドラゴンをかっさらえってっ」

つまり、似顔絵の奴なんて知らない。

でもアスを奪い取るために騎士を利用しようとして、この集落で見たと嘘をついたようだ。

まぁ実際には俺本人だったわけだが。

それにしてもあの商人、諦めが悪い奴だなぁ。

今回も姿を見せなかったし。こりゃまた来るんだろうなぁ。

盗賊どもを再びパンツ一丁にさせ、砂漠に放りだす。

前回は夜だったけど、今回はギンギラに太陽の日差しが照りつける時刻。

泣きわめく盗賊たちを見送ったあと、バフォおじさんがいないことに気づいた。

本当はあいつらが二度と来ないように、殺るべきなんだってわかってる。でも俺には、人を殺める覚悟がない……。

そんな甘ったれな俺に代わって、バフォおじさんが行ってくれたんだろう。

ごめん、バフォおじさん。嫌な役やらせてしまって。

俺もしっかりしなきゃな。

夕方になってバフォおじさんが何食わぬ顔で戻ってきた。

「バフォおじさん。ごめんな」

「んぁ？　なんでぇ、どうした」

「いや、仔ヤギを危険な目に遭わせてしまってさ。嫌な役回りも押し付けてしまったし」

「そんなことか。元はと言えば倅が悪いんだよ。カーっ、ちゃんと隠れてろって言ったのによぉ、なーんか面白そうだったからって出てきやがったんだ」

「みんなでわーわーやってたもんなぁ」

「ま、ガキどもや女房には、俺が防御魔法を常に張ってんだ。魔法攻撃も物理攻撃も、そうそう通さねぇ。毛ぇ一本も傷つけられねぇんだよ」

「え、じゃ……どとんって」

バフォおじさんが顔を寄せ「必要なかった」と小声で言う。

「けどな、ドリュー族のガキどもは、オレの倅を守ろうとしてくれたんだ。必死によぉ。カァー、泣けるじゃねえかぁ」

「泣くなよ」

「これが泣かずにいられるかぁ。ヤギだぞ。ドリュー族にとってヤギは家畜だ。それをだ、あのガキどもは必死に守ってくれたんだ」

「何言ってんだよおじさん。ヤギだろうが何だろうが、みんなここで暮らしてるんだ。家族みたいなものだろ?」

「……ユタカ……お前ぇ……娘はやらんぞっ！」

「いらねぇーよ！」

このやりとり、何度目だろうな。その度におじさんはべェべェと笑う。

そこへルーシェとシェリルの二人がやって来た。

「ユ、ユタカさんがお嫁さんを貰うのですか!?」

「ルーシェ？　いやいやいや、いつものおじさんの冗談だから」

「冗談なもんか。オレぁ娘をヤギ以外の奴に嫁がせる気はねぇぞ」

「ぜひそうしてくれ」

「なんだぁ、仔ヤギのことなのね。ルーシェ姉さん、早とちりし過ぎよ」

「シェ、シェリルちゃんだって、どうしようって言ってたじゃないっ」

「べ、べべ、別に私はっ」

それを聞いてバフォおじさんが、鼻先で俺の脇腹を突く。

この状況、絶対からかわれるの決定じゃん。

「モテるなぁ。ええ？」

ほらぁ。わかりやすいんだよっ。

「べ、別にモテてないって」

「おい、嬢ちゃんたち。お前ぇらユタカのこと、好いてんだろう？」

「ド直球だなおい！」

「で、どうなんでぇ？」

「ど、どうって……」

シェリルは口ごもり、ルーシェは顔を真っ赤にして放心状態だ。

ど、どうなの？　俺も少し、いやかなり気になる。

「ここにゃ嬢ちゃんらと同年代の雄がユタカしかいねぇが、よその集落に行きゃあ他にもいるんだろう？　ユタカが来る前だと、そいつらが旦那候補だったんじゃねえか？」

「他の集落の……そう、なのか？」

二人は顔を見合わせ、こくりと頷く。

二人が誰かと……結婚……。

「ほれみろ。だからよぉユタカ。貰ってやれよ」

「も、貰ってやれって……彼女らの気持ちだってあるだろっ。け、結婚っていうのは、男だけで決めるべきじゃないんだから」

「ユ、ユタカさん」

「あんた、それってもしかして……わたした――ううん、ルーシェ姉さんと結婚する気があるってことよね？」

「シェ、シェリルちゃんっ」

うっ。

いや、まぁ、今のはそう受け取られても仕方ないよな。

「ま、待ってくださいっ。シェリルちゃんだって、ユタカさんのこと好きなんですっ」

「な、何言ってんのよっ。わ、私は別に――ルーシェ姉さんがユタカと結婚するべきなのっ」

「そんなのダメです！　いつだって私たちは、二人一緒だったでしょう」

「ルーシェ……姉さん」

待って待って待って。

二人が俺のお嫁さんになるって言うのか⁉

嬉しいけど、でも……一夫多妻制っていいのか⁉

「お、二人がとうとう嫁ぐのか？」

「オ、オーリ⁉」

「ち、違うわよっ。姉さんだけっ」

「シェリルちゃん、それはダメですっ」

「なんで揉めてるんだい」

とオーリが俺を見る。いや、俺に聞かれても……。

「二人とも、ユタカの所に嫁げばいいだろう」

「ほらぁ、オーリさんもこう仰ってます」

「ま、待ってくれ。オーリ、この国では一夫多妻制って、いいのか？」

「ん？　砂漠に国はないよ。それと一夫多妻制だけど、問題ない」

ないんかい！

「そもそもだね、家族を養えるかどうかが問題なんだ」

「養えるかどうか……」

「砂漠では夫婦二人に子供二人が基本の家族構成になっている。何故子供を二人以上産まないのか、わかるかい？」

「食料が……足りなくなるから」

オーリが頷く。

人が増えれば、必要になる食料の量も増える。

だけどこの砂漠では、食料を増やすことが困難だ。

だから子供は二人までと、暗黙の了解があるのだろう。

でも――。

「君が来てくれたおかげで、食べるものには困らなくなった。全て君のおかげだ。極端な話、君なら妻を十人娶っても養えるだろう？」

「十人なんていらないからっ。俺はルーシェとシェリルがいてくれるだけで――はっ⁉」

こ、これは誘導尋問⁉

言ってしまってから二人を見ると、もう顔真っ赤で目が泳いでいる。

ぐあぁぁーっ、恥ずかしいいいっ。

「決まりじゃねえか」

「決まりだねぇ」

「ま、待ってくれ。ふ、二人の意見をっ。だってシェリルはっ」

「い、いいわよっ。ね、姉さんと一緒に、お、お嫁になってあげたって、い、いいわよ」

「はい。二人揃って、ユタカさんのお嫁さんになります」

い、いいの？

いや、でもやっぱり……。

「や、やっぱり待ってくれ」

「おいおい、ユタカぁ」

「どうしてだい？」

二人が不安そうな表情を浮かべている。

嫌なんじゃない。むしろありがたいし嬉しい。

でも。

「お、俺たち、まだ出会ってそう長くないだろ？　二人が俺のことを知って、嫌いになったりしないか……その、不安なんだ」

「そんなこと、絶対ありませんっ」

「そうよっ。私たち、ちゃんと本気であんたのこと、す……す……き……だからっ」

面と向かって気持ちを伝えてくれるルーシェと、めちゃくちゃ恥ずかしそうにするシェリル。

どっちもかわいいし、愛おしい。

「ありがとう、二人とも。だからこそ、二人には俺のことを知ってほしいんだ」

「ユタカさん……」

「じゃ、だったらどうしろっていうの？」

「うん。だからね」

俺は二人に向かって頭を下げた。

「だから、結婚を前提にお付き合いしてくださいっ」

人生で初めての告白だ。もっとこう、カッコいいセリフはないのかなって思うけど、いざとなるとお決まりのセリフしか出てこないもんだ。

やや間があって、二人の声がハモった。

「「はい」」

――と。

「よぉし、今夜はお祝いだぁぁ」

「あらぁ、じゃご馳走作らなきゃねぇ」

「まぁ、人間のみなさんどうしました？」

「あら、トレバーさんとこのミファさん。いえねぇ、とてもおめでたいことがあったのよぉ」

「ま！　いったい何かしら。みんなを呼んでこなきゃ」

「メェー」

いつの間にか集落中の人たちが集まってきていた。

「ちょ、待って！　なんでお祝いなんだよっ」

「ユタカぁ！　今日はめでてぇ日だ。女房の乳を触らしてやらぁっ」

「触んねぇーよ！」

『ネエ、ケッコンッテナァニ？　ケッコンッテイイコト？　ネエ、ネェッテバァ』

誰か止めてくれぇぇ。

あぁ、くっそ。なんでみんな楽しそうにしてんだよ。

奥様方にからかわれているルーシェとシェリルが俺を見る。

そのはにかむような笑顔が眩しくて……。

もうこんなの、幸せが大渋滞しているじゃないか。

エピローグ一　その頃……

「というわけでして。ダイチ様の魔力では、一日百人程度の食料を成長させるのが限界でして。ですので……」

王都へと帰還した魔術師は、そのまま兵士に謁見の間へと連れてこられた。

王座に座るアリアンヌはわなわなと震え、今にも大声を上げそうな雰囲気だ。

「おだまりなさい‼」

雰囲気だけではなかった。

真っ赤に染まった顔には、いくつも筋が浮かび上がっている。

「たかが異世界人ひとり連れて戻れないなんて……何がキャベツよ！　ふざけないでっ。これがキャベツなわけないでしょう‼」

そう言って王女は、立派なキャベツを謁見の間の床に叩きつけた。

調理済み、もしくはサラダに入ったキャベツしか見たことのない彼女は、丸々とした緑のそれがキャベツとは知らない。

知っていたとしても、結果は同じだっただろうが。

もちろんサツマイモも投げつける。

「な、何てことを……王女、この芋は幼子がおやつを我慢してくれたものなのですよっ」

「おだまり！　この役立たずめがっ。まったく、どいつもこいつも私をバカにして‼」

砂漠に送った部下たちは、ひとりを除き使いものにならなくなっていた。

そのうえ、大地豊もいない。

アリアンヌ王女の堪忍袋の緒は、今にも切れそうだった。

いや、切れていた。

「もういいわ。役立たずに用はなくってよ。今すぐお下がりなさい！」

王女が衛兵に向かって手を振る。

衛兵は一礼をし、魔術師を立たせ連れていった。

謁見の間の外——更に廊下を過ぎ、城外へ。

「お、おい。どこまで行くんだ？」

「王女は貴様にもう用はないと仰った。それがどういう意味かわかるか？」

「は？」

「貴様はこの国にとって不要な存在だということだ。国外に追放されなかっただけマシと思え」

そうして魔術師が捨てられると、城門は閉ざされた。

魔術師は呆然と立ち尽くした後、頭を抱えてその場に蹲（うずくま）った。

場面は謁見の間に戻って——

「アリアンヌ王女。マリウスが持ち帰ったものがもう一つありまして」

「マリウス？　誰ですの、それ」

「え……あ、はい。先ほどの魔術師でございます」

「あ、そう。で、何を持って帰ってきたですって」

アリアンヌは大臣から布の袋を受け取った。

意外と重い。

彼女は袋の口を開け、中にある物を見た。

（また緑の球体⁉　あら、だけどこれ……見覚えがあるわね。だけどこんなに大きくはないわ）

アリアンヌが袋の中身を一つ取り出した瞬間——スキルの付与から三十分が経過した。

「う、動いた⁉」

アリアンヌが叫ぶのと同時に、彼女の手にある物と袋の中身が一斉に成長を開始する。

根を伸ばし、芽を出し、蔓を伸ばし、謁見の間の天井を突き破る。

「い、いやあぁぁぁぁぁっ。なな、ななな、何ですのぉぉぉぉっ」

蔓に捕まったアリアンヌは、城の屋根より高い所まで持ち上げられた。

巨豆——栄養豊富で過酷な環境でも逞しく成長する豆科の植物。

その頑丈さは城をも崩壊させるほど。

「誰か、誰か私を下ろしなさぁぁぁい！」

——と、今後、植物図鑑に載ることだろう。

同じ頃、王都から馬車で数時間の距離にある農村では。

「おい、金剛！　何をしているんだお前っ。早くスキルを使って、僕らを守れよっ」

「い、いや、そう言われても。スキルは使っているんだぜ？　こいつらが殴ってこないんだよ」

「ちゃんとヘイトを取れよっ」

「へ、ヘイト？」

ヘイトを取るとは、相手の敵意を引き、攻撃対象を自分に向けさせるという意味だ。

金剛のスキル〈豪腕鉄壁〉のうち『鉄壁』部分は、敵に攻撃されて初めて真価を発揮する。攻撃されなければ何の意味もなかった。

そして『豪腕』の部分は、自ら攻撃しなければ意味がない。しかもこのスキル、鑑定の際に『硬い拳から繰り出されるパンチは大岩をも砕く』と書かれていたように、実は素手限定のスキルだった。武器を装備すると、その効果は発揮されない。

それを理解していなかった金剛は、常に剣を装備している。

今現在金剛は、モンスターを前にただ立っている人という状態に。

彼らが何故農村にいるかというと、宣伝活動だ。

ちやほやされるの大好き。

女の子にモテるの大好き。

褒め称えられるの大好き。

そんな彼らが、今回は手下を連れずにゴブリン退治を買って出た。

何故か。

手下である小林らを連れてくれば、彼らも称賛される。それが嫌だから。

それにゴブリンは雑魚の中の雑魚。キングオブ雑魚だ。

しかも王宮広報官の話では、数匹しかいない――ということだった。

余裕だ。

などと、一度も鍛錬を行っていない三人が、自信たっぷりにそう考えた。

その自信はいったいどこからくるのか。

いざ村へと到着し、かわいい女の子がいないとわかるとさっさとゴブリンがいるという森へと向かった。村人の話もまったく聞かず。

そして今現在、彼らは囲まれていた。

「数匹じゃなかったのか⁉」

「あの広報官。帰ったらタダじゃおかねーぞっ」

「虚偽罪で訴える。絶対だ」

十匹のゴブリンに囲まれた三人は、足をガクブルさせながらも首から上だけは威勢がよかった。

「おい、皇帝。お前、スキル使えよっ」

「ふっ。ついにこの時がきてしまったか」

「カッコつけてないで、さっさと使いなよ皇帝」

「うるさいな、輝星は。まぁいいさ。とくと見るがいい！」

皇帝はここで初めて剣を抜いた。そして頭上に掲げると、振り下ろす。

「〈エクスカリバー‼〉」

振り下ろした剣が光る。

そして三日月型の光が、ほわわぁんっと発射された。

その光をゴブリンたちが、ゆっくりと左右に動いて躱す。

光はそのまま木にぶつかって、皮に傷を入れただけで消滅した。

辺りに静寂が生まれる。

やや間があって、ゴブリンたちが一斉に笑い出した。

そして金剛と輝星も笑った。

エクスカリバー。剣を振ることで真空波を発生させる。貫通性能を持つ範囲攻撃——と鑑定にはあったのだが、これは大器晩成型のスキルである。

高性能スキルや魔法というのは、総じて初期段階では使えないものが多い。

努力、修行、経験。

それらが合わさってようやく、最高の火力を発揮する。

この三つ全て、皇帝が持ち合わせていないもの。

だが本人はそんなこと知る由もなく、顔を真っ赤にして抗議の声を上げた。

「わ、笑うなっ。だったら輝星、君のその自慢の魔法を見せてくれよ」

「はは、自分じゃ倒せないもんだから、ボクに頼るのかい。まぁいいけど」

輝星の転移特典で授かったスキルは、〈隕石召喚（メテオストライク）〉だ。

天から炎を纏（まと）った岩を呼び寄せ、辺り一帯を攻撃するという鬼畜魔法。

当然、こちらも大器晩成型となっている。

もちろん彼も努力、修行、経験はない。

それ以前に——。

「〈隕石召喚〉……ん？」

魔法には呪文の詠唱があることを知らなかった。

いや、初めて魔法を使おうとした際にメッセージが浮かんだはずなのだが、読みもせずに閉じている。

「呪文がいるんじゃねぇのか？」

と金剛がツッコむと、輝星が慌ててインベントリを開いた。

そこに呪文が……書かれているわけがない！

「じゅ、呪文どこだよ！」

「おい、さっさと撃てっ」

「あ、ゴブリンどもが――」

「金剛、ヘイトだ。ヘイト！」

「だからどうやるんだよっ」

「敵意を自分に向けさせろっ。例えば、そうだな。悪口を言うんだっ。緑の小人！　ブサイク！　雑魚!!　とな」

今の悪口をゴブリンたちは聞いていた。

そしてヘイトを取ったのは皇帝だった。

『ゴギャアァァッ』

『ゴブギャギャッ』

一斉にゴブリンたちが皇帝を狙って襲ってくる。

「ひ、ひぎゃぁぁぁーっ」

「お、おい、皇帝！」

「ボ、ボクらを置いて逃げる気かっ」

皇帝は走った。

だが木の根に足を引っかけて転倒すると、あっという間にゴブリンに追いつかれ囲まれた。

「こ、この僕を勇者と知っての狼藉（ろうぜき）か⁉」

『ゴギャ？』

「僕は勇者だ！　貴様らのような醜い雑魚モンスターが、相手にしていい存在じゃないんだぞ！　あっちへ行けっ」

要約すると、勝てないから来ないでくださいお願いします——だ。

そのお願いをゴブリンが聞いてくれるはずもなく。

『ゴブギャー！』

棍棒（こんぼう）を振り上げ、一斉に飛びかかってきた。

「うわあぁぁぁぁっ」

「シ、シーザー⁉」

「ボ、ボクは援軍を呼んでこよう」

だがゴブリンたちは見逃しはしない。

逃げようとした輝星に木の枝を投げつけると、彼はあっさりその場に倒れた。

「使えねぇー！　こうなったら、さぁ、来い！　今度こそ〈豪腕鉄壁〉の威力――ん？　再使用待ち？」

スキルや魔法には、再使用までの待機時間が存在する。

先ほど金剛は〈豪腕鉄壁〉スキルを使った。

今は効果時間も終わり、再使用のための待機時間になっていた。

「は、はは……うわぁぁぁぁっ」

一斉にゴブリンが金剛を襲う。

「痛ぇっ。や、やめろ。やめてくれぇ」

「か、顔だけはよせっ。顔は男の命なんだぞっ」

「呪文どこだぁぁぁぁっ」

悲痛というより情けない叫びが森に木霊する。

数分後、ギルドからの依頼で農村へと訪れた冒険者らによって、彼ら三人は救出された。

その際――。

「いるんだよなぁ。実力もないくせに、とにかく突っ込んでいく勇者様が」

「ほんと、困るんだよね。勇者に憧れる勇者様って」

「君らのようなのが冒険者と間違えられて、俺らの評判を下げるんだよ。大人しくさ、故郷に戻って、畑でも耕せよ。な？」

皇帝が叫んだ勇者発言が聞こえていたようで、自称勇者様だと思われたようだ。

三人は全否定したかったが、顔の腫れ、全身の痛みによって喋ることもままならなかった。

そして三人の勇者様っぷりは村人の知るところとなる。

ゴブリン十匹すら倒せない勇者様（笑）――と。

エピローグ二　大地　豊

「水を流すぞぉー」

「「はーい」」

完成と同時にバタバタと発生した騒動で、ずぅーっと入れなかった風呂。

竈の不備もなく、今日ようやく、風呂に入れる日が訪れた。

水は節を取った竹を使って、直接竈まで引き入れるように改良。

その竈で沸かしたお湯も、これまた竹を使って男女の浴槽に流し込めるようにもした。

それとは別に、湯の温度調節用に大きな水桶も浴室に準備してある。なんせ竈で沸かしたお湯だからな、かなり熱い。水を足さなきゃ火傷(やけど)する。

というのをみんなにも周知させて、子供たちだけで風呂に入らせることは禁止にした。

「はぁ、ドキドキするわね」

「そうですね。お風呂なんて初めてですし」

「お湯が沸くのに時間がかかるし、ちょっと畑に行ってくるよ。アスに手伝ってもらって、土壌改良の続きをしようと思って」

ひと汗掻(か)いた後の風呂は最高だろう。

「おーい、アス。手伝ってくれぇ」

子供たちと遊んでいたアスが、名前を呼ぶとすぐさま尻尾を振りながらやって来た。

『ナァニ、ナァニ。何ヲオ手伝イスル?』

アスは誰かの手伝いをするのが好きなようだ。手伝ってほしいと言えば嬉しそうにする。

どんだけいい子なんだよ。かわいいなぁ、もう。

「畑の土をさ、いい土にする続きだ」

『ワッワッ。イイ土大好キ。精霊モイイ土大好キナンダヨ』

「俺のスキルを使わなくても野菜が育つようにしたいんだよ。アスが手伝ってくれると、きっと実現できるだろうからさ」

『ウン!　ボク頑張ルゾォ』

かわいい。頭を撫でてやると嬉しそうに鼻先を擦りつけてくる。

かわいい。でもちょっとパワーがあり過ぎて困る。

「ユタカさん。私たちもお手伝いします」

「お風呂に入れるまで暇なんだから、手伝わせなさいよ」

「はは、了解。じゃあまずは水を汲んでくるか」

瓢箪ジョーロに水を汲んで畑に向かう。

今日は何も成長させていないから、畑には何もない。

水を撒いてから鍬で端の方から土をほぐし始める。

「全体をほぐしたら雑草を枯れるまで成長させ、それを燃やして――」

灰を土に馴染ませる。

鍬で土をざくざくしながらそう説明していると。

「ユタカ、待って！」

「え？」

シェリルの焦るような声が聞こえた。

「動かないでください、ユタカさんっ」

「え？　え？」

う、動くな？

「足元見なさいよっ」

「あ、足元……ん？」

足元に、小さな芽があった。

この芽は散々見ている。芽吹くまで成長させて、それから土に植えていたヤツだ。

「こ、これって、ニンジンの芽じゃないか」

二本の細い葉っぱが、ぴょこっと土から伸びていた。

「そうよ、ニンジンよ」

「自然に発芽したのでしょうか？　ですが私たちが元々栽培していた野菜の芽より、凄く立派な芽ですよ」

俺が来る以前に栽培されていた野菜は、細く、しなびたもの。その芽も当然、小さくて弱々しいものだったんだろう。

だけどこいつはいつも見ていた芽と、そう変わらない。青々とした、元気そうな芽だ。

ニンジンの種は花を咲かせて回収しているが、取り残しが畑に落ちていてもおかしくない。

いや、ニンジンじゃなくても、これがただの雑草だったとしても、俺のスキルで発芽したものじゃないのは確かだ。

『元気ニ育ツカナァ』

「育つといいですね」

「そうね」

小さなニンジンの芽を、三人は嬉しそうに見つめた。

この芽は土ごと端に移植して成長を見守ろう。

「さぁ、ニンジンが元気に育つよう、もうひと頑張りするか」

『オー』「はい」「えぇ」

ニンジンを移植してから作業を再開。

そのうち集落の大人たちも集まって、みんなで芽吹いたばかりのニンジンを見て喜んだ。

「おーい。風呂の湯が沸いたモグよぉ」

トミーの声が、作業終了の合図になった。

一番風呂を譲ってもらえたので、ありがたく入らせてもらう。

のれんをくぐって脱衣所で服を脱いで浴室へ。

おぉ、いい感じの湯気が出てるな。

「お湯の温度は……あぁ、やっぱり少し熱いな」

そんな時は浴槽横の大樽から水を移して——よし、いい温度だ。

体を洗って、いざ入湯。

「くぅー……生き返るぅ。やっぱ風呂はいいよなぁ」

屋根の一部を外してあるから、夜には満天の星を眺めながら風呂に入れる。

プチ露天風呂気分が味わえるだろう。また夜に来ようかな。

「ユタカさぁん」

「入ってるぅ?」

隣からルーシェとシェリルの声が聞こえた。

『オ風呂ドウ?』

「どうでぇ、風呂ってぇのは」

外からはアスとバフォおじさんの声が聞こえた。

「あぁ、最高だよ。そうだ。今度アスやバフォおじさん一家用の風呂も作るか」

「あ？　いらねぇよ、んなもん」

『ボク欲シィ』

「そうですね。アスちゃんたちの分も作ってあげないといけませんね」

「じゃ、明日からその作業かしら？」

新しい風呂作り。土壌改良。野菜の成長。

それ以外にも、ここではやることがいくらでもある。

毎日大忙しだけど、やり甲斐はある。

召喚されて砂漠に捨てられた時は、ちょっと絶望しそうになったりしたけど、今じゃ異世界砂漠ライフが楽しくて仕方ない。

いつか俺のこの〈成長促進〉で、砂漠を緑豊かな大地に……あれ？

これってもしかして、俺の名前がオチか⁉

あとがき

崖から転落して、現在進行形で這い上がっている最中の夢・風魔です。「ふうま」ではなく「かざま」と読みます。よろしくお願いいたします。

この度は本をお手に取っていただき、ありがとうございます。

丸二年、書籍のお仕事がなく、二〇二三年は丸々一年間、スランプにハマっておりました。

そんな中、この「成長促進」というスキルネタだけはずっとありまして。なんだったら執筆もしてはいたんです。

ボツにした文字数は四、五十万文字ほどありますでしょうか。書籍四冊分ほどです。

現地主人公で、どこぞの国の第三王子。追放された先は砂漠だったり、陸の孤島だったり、絶海の孤島だったりと、書いてはボツにして設定を変え、また書いてはボツに。

転生ものにしてみたり、今作のように転移ものにしてみたりもしました。

そうして今年になって、ようやくこの形に収まりました。

もうライトノベル作家を名乗ることはできないのかなぁと、半分諦めモードだったのですが、それでも書き続けてよかったです。

こうしてお声をかけていただき、本として形にすることができたのですから。

と言っても、これを書いている今現在、書籍作業は半ばというところです。

お手に取ってくださった方が少しでも楽しんでいただけることを祈って、残りの作業も頑張ります！（誤字脱字が多いので、一番苦労するのは校正さんでしょう……すみません）

この作品は現在、無料の小説投稿サイトにて更新しております。つまり続きがあるんです！

そんなわけでして、願わくは二巻でみなさまと再び会えることを祈っております。

最後に――

出版のお声がけをしてくださった編集Mさん。忙しいスケジュールの中、イラストを担当してくださった桶乃かもく先生。ライターさん、校正さん、デザイナーさん、印刷所の方々。出版に関わった全ての方に感謝を。ありがとうございます。

そしてもう一度、本をお手に取ってくださった読者の方にも、ありがとうございます。

夢・風魔

ポイ捨てされた異世界人のゆるり辺境ぐらし
～【成長促進】が万能だったので、追放先でも快適です～

2024年6月28日　初版第1刷発行

著　者　夢・風魔

発行人　菊地修一

発行所　スターツ出版株式会社

〒104-0031　東京都中央区京橋1-3-1　八重洲口大栄ビル7F
TEL　03-6202-0386（出版マーケティンググループ）
TEL　050-5538-5679（書店様向けご注文専用ダイヤル）
URL　https://starts-pub.jp/

印刷所　大日本印刷株式会社

ISBN　978-4-8137-9340-3　C0093　Printed in Japan

［夢・風魔先生へのファンレター宛先］
〒104-0031　東京都中央区京橋1-3-1　八重洲口大栄ビル7F
スターツ出版（株）　書籍編集部気付　夢・風魔先生